Ein Tag wie morgen

Ein Tag wie morgen

Kleine Geschichten

von Helmut Barthel

Die Deutsche Nationalbibliothek verzeichnet diese Publikation in der Deutschen Nationalbibliografie; detaillierte bibliografische Daten sind im Internet über http://dnb.d-nb.de abrufbar.

Helmut Barthel
„Ein Tag wie morgen"
© Helmut Barthel
Alle Rechte vorbehalten

Rechte für diese Ausgabe:
MA-Verlag, Stelle-Wittenwurth
ma-verlag@gmx.de
1. Auflage 2017

Satz. Layout und Umschlaggestaltung:
MA-Verlag
Bildnachweis: © MA-Verlag

ISBN 978-3-925718-37-3

Niemandem kann man verbieten,
festzuhalten an Dingen,
die er fühlt und sieht,
doch bleibt dann auch niemandem
die schmerzliche Enttäuschung erspart,
welche in ihrer Stärke der Dauer entspricht,
die derjenige sich daran klammern mußte.

Inhalt

1. Der Gau

Das Problem der Energieversorgung war gelöst. Es gab keine Umweltverschmutzung mehr, keine Luftverpestung, und die Ozeane und Flüsse hatten sich längst im biologischen Selbstreinigungsprozeß aller Giftstoffe und chemischer Abfälle entledigt. Regelmäßig starteten Raketen von mehreren Plätzen eines Kontinents, um Atommüll und giftige Rückstände, die vor langer Zeit einmal die Erde verseucht hatten, auf dem Mond oder auf einem benachbarten Planeten abzusetzen. Kein benzingetriebenes Fahrzeug verunzierte mehr die Straßen und Wege der Städte und Landschaften. Ein dichtes, öffentliches Verkehrsnetz, das durch die staatliche Energieversorgung gespeist wurde, verhalf jedem zu schneller und sicherer Raumüberbrückung. In der Schule lernten die Kinder den letzten Abschnitt der vergangenen Epoche von 1980 bis 1990 unter dem Begriff 'Giftrevolte' kennen. Vorwiegend in den westlichen Ländern mit freier Marktwirtschaft gab es in den letzten 80er Jahren Aufstände. Regierungssprecher und Vertreter der Volksverbände hatten die allmächtigen Kohle- und Ölkonzerne sowie die chemische Industrie aufgefordert, nun endlich die Investitionen im Sinne der staatlichen Planung auf die Reinigung der langsam verseuchten Erde und den Bau sicherer Kernkraftwerke zu konzentrieren. Hartnäckig weigerten sich die Wirtschaftsführer und so kam es zu bürgerkriegsähnlichen Unruhen, die 1990 mit dem Sieg der Bevölkerung und des Staatsapparates endeten.

Man schrieb jetzt das Jahr 2035 und hatte die Beziehung zu den damaligen Problemen der Menschen verloren. Bestenfalls die Historiker konnten sich noch für jene Vorgänge erwärmen. Heutzutage war es wichtiger, technisches Können mit sozialem Verantwortungsbewußtsein zu verbinden. Das Kernstück der staatlich geleiteten Wirtschaft waren die Kernreaktoren.

Vor einigen Jahren war Donald Jefferson noch leitender Ingenieur des Kernkraftwerks Beta bei Glasgow, doch hatte er bereitwillig für einen Jüngeren Platz gemacht, denn die Hektik, die mit dieser Position verbunden war, konnte ein Mann in seinen Jahren schwer ertragen. Jetzt machte er nur noch hin und wieder Nachtdienst und genoß es, in dem von ihm miterbauten Werk wenigstens noch zur Nachtzeit seine Rundgänge machen zu können. Der Schichtwechsel mit dem Spätdienst vermittelte ihm jedes Mal das Gefühl, noch dazu zu gehören. Während seine jüngeren Kollegen beim Wechsel den Austausch der Werte und Daten und anderer Routineinformationen mit gelangweilten Gesichtern vollzogen, lebte der alte Donald förmlich dabei auf.

Donald hatte sich wieder auf den Weg gemacht, heute etwas früher, weil seine Kollegen ihn darum gebeten hatten. Sie wollten alle die Fernsehübertragung der Venusexpedition sehen, und das möglichst zu Hause bei der Familie. Donald hatte das Verständnis eines älteren Junggesellen dafür. Als er an der Pförtnerloge vorbeikam, begrüßte er wie gewöhnlich seinen sprichwörtlichen Zeitgenossen, den Nachtwächter Abraham, mit einem herzlichen Händedruck. Oft saßen sie nachts zusammen und fachsimpelten über Astronomie, wobei ihr Anschauungsmaterial über ihren Köpfen kaltes Licht spendete. Außerdem hatten sie noch etwas gemeinsam. Beide waren eigentlich überflüssig, denn das Werk war nach neuesten Erkenntnissen abgesichert, und die Wahrscheinlichkeit, daß etwas passierte, war nach Computerauswertungen erst 20 Stellen hinter dem Komma zu finden.

Donald betrat den Kontrollraum und begann sofort damit, die Messungen zu überprüfen, während sich seine Kollegen für den Heimweg vorbereiteten. "Gute Nacht, Donald!" - "Schlaf gut, Donald!" Damit verließen Bill Peterson, der technische Assistent, und Henry Forster, der dienstälteste Ingenieur, eilig den Raum.

Wie Kinder waren sie. Donald lächelte bei dem Gedanken, daß sie sich wirklich bemühten, über seine Wunderlichkeiten hinwegzusehen. Sicher glaubten sie, der alte Donald bemerke ihre verständnisvollen Blicke nicht, die sie sich gegenseitig zuwarfen, wenn er noch während des Schichtwechsels mit feierlichen Schritten mehrmals den Kontrollraum durchmaß und dabei - als wären schwere Probleme zu lösen - das Kinn etwas nachdenklich auf seine Hand stützte. Ja, sie waren Kinder, denn wie sollten sie wissen, daß er damals beim Aufbau des Werkes oft viele Stunden auf diese Weise durch den Kontrollraum gegangen war, um mit Schwierigkeiten zu kämpfen, die die Sicherheit des Kernreaktors und damit der Bürger der nahegelegenen Stadt betrafen, und hier, in diesem Kontrollraum, hatte er auch die schwierigsten Aufgaben gelöst. Er fühlte sich in diesem Raum mehr zu Hause als irgendwo anders. Dabei störte es ihn überhaupt nicht, wenn man ihn schon manchmal mehr wie ein Stück Inventar behandelte. Diesem Werk war er verbunden und damit auch dem Raum, in dem er sich jetzt gemütlich niedergelassen hatte, und er würde es nie im Stich lassen, auch wenn die jungen Absolventen der Ingenieurschule glaubten, daß jede Gefahr so gut wie ausgeschlossen war. Fast verstand Donald diese Generation nicht mehr, daß sie so spielerisch mit der Tatsache umgehen konnten, alles funktioniere reibungslos. Was war, wenn mal etwas nicht mehr klappte? Aber man erntete mit derartigen Fragen nur ein mitleidiges Lächeln, bestenfalls mürrische Ablehnung. Konnten sich diese blinden Esel denn gar nicht vorstellen, einmal alles aus den Fugen gehen zu sehen und doch dabei handeln zu müssen? Es paßte überhaupt nicht in Donalds Weltanschauung, sich mit bloßen Vorstellungen oder 'Was wäre wenn'-Fragen herumzuschlagen, aber er war es gewohnt, vor scheinbar unlösbaren Tatsachen zu stehen, von deren Lösung nicht selten Millionen Menschenleben abhingen. Er malte sich einen aufgescheuchten Hühnerstall aus, als er daran dachte, was passieren würde, wenn doch einmal wider Erwarten die Alarmglocken anschlagen würden. Er schüttelte seinen Kopf, als wollte er dem Gedanken widersprechen.

Früher, als er hier mit anfing aufzubauen, war dieses Kraftwerk ein Experiment gewesen. Die herkömmlichen Kernreaktoren konnten kein Optimum an Energie liefern, weil die klassischen Bremsstoffe Graphit, schweres Wasser oder Beryllium sowie die Regelstäbe den Multiplikationsfaktor ausschließen mußten, was zur Folge hatte, daß nur beschränkte Spaltung möglich war und der größte Teil der Energie unberührt blieb. Selbstverständlich war das immer noch wirtschaftlicher, als Kohle zu verbrennen, doch versuchte man, eine praktikable Möglichkeit zu finden, den Menschen die ganze Energie eines Elements zugänglich zu machen. Das größte Problem bestand nun in einem Sicherheitsersatz für die ehemaligen Bremsstoffe, die man nur in einem Mischungsverhältnis zu dem spaltbaren Material verwenden konnte. Das aber war gerade der Punkt, der verhinderte, daß die ganze Energie frei wurde. Ohne Bremsstoffe würde allerdings die Kernspaltung zur gewaltigen Atomexplosion werden. Donald Jefferson bekam damals mit einigen anderen Wissenschaftlern den Auftrag, eine neue Theorie, die praktisch die Umsetzung und Absicherung der freiwerdenden Energie einer Atombombenexplosion umfaßte, technisch zu verwirklichen. Dieses Werk war das schwer erarbeitete Ergebnis. Donald

14

lehnte sich zufrieden zurück und blickte gelassen auf die Meßinstrumente. Wer sollte das schon verstehen, wenn ein Pionier sich an den Früchten seiner Arbeit freute? Ebenso schwer war es sicher zu verstehen, daß er durch seine Erfahrung immer noch der absurden Idee nachhing, es könnte eine Gefahr auftauchen, in der es zuerst auf menschliche Handlungsfähigkeit ankam ohne den Geleitschutz eines Computers. Aber seine Erfahrung war ja nicht mathematisch meßbar und von daher für die Kollegen irrelevant.

Es klopfte. "Komm rein, Abraham" - "Ich habe uns einen Cognac mitgebracht", begann Abraham mit seinem Redeschwall, noch während er eintrat, "ich glaube, du wirst ihn brauchen. Ich habe da nämlich eine Neuigkeit für dich, die dich sicher aus dem Sessel haut." Er machte eine Pause, als wollte er die Neugier des anderen anstacheln. Doch war es nur die Zeit, die er benötigte, um sich neben Donald zu setzen. Dann fuhr er fort: "Du weißt doch, daß mein Bruder im Kraftwerk Alpha-Glasgow als Pförtner arbeitet. Gestern rief er mich an, um mir mitzuteilen, daß es seit 30 Jahren zum ersten Mal wieder einen betriebsinternen Probealarm gegeben hatte. Er konnte nicht herausfinden, weshalb, er mußte sich nur wieder an alte Vorschriften halten. Mein Bruder wunderte sich darüber, daß es um ein bißchen Radioaktivität an einigen Stellen des Spaltungsbehälters so viel Aufregung gab." Donald sprang auf. Seinem Gesicht war einige Erregung abzulesen. "Sag das noch mal!" - "Du meinst die Sache mit der Radioaktivität? Ja, mein Bruder hatte einen jungen Techniker bedrängt, weil er doch auch wissen wollte, was los sei. Der hat ihm das gesagt, aber er meinte, so etwas wäre nicht weiter aufsehenerregend." - "Nicht weiter aufsehenerregend?" Donald keuchte die Worte fast in den Raum und seine Erregung wuchs. "Abraham, Alter, weißt du, was das bedeutet? Aber ich hab 's ja immer gewußt." Er sackte wie erschöpft in den Sessel zurück, sah kurz auf ein Meßinstrument, die stark verbesserte Form des Geigerzählers, und lehnte sich etwas beruhigt wieder zurück.

"Was ist mit dir?" Abraham beugte sich vor, denn er wußte nicht, ob sein Nachtdienstkollege durch seine weitere Frage noch einen Erregungsanfall bekam. Doch Donald hatte sich wieder gefangen, aber die deutlich gewordenen Falten in seinem Gesicht sagten Abraham, daß etwas sehr Ernstes passiert sein mußte. Auch Donald beugte sich jetzt vor und begann, als ginge es um eine Verschwörung, leise zu spre-

16

chen: "Ich will versuchen, es dir zu erklären. Wie du weißt, wurden Alpha- und Beta-Glasgow fast zur gleichen Zeit erbaut. Es waren Experimentalreaktoren. In diesen beiden Kraftwerken wollte man eine ergiebigere Kernspaltungsmethode erproben. Das sollte mit Hilfe eines Behälters geschehen, der aus einer Legierung bestand, die voll die Funktion der hergebrachten Bremsstoffe übernehmen und zudem die Hitzeentwicklung einer Wasserstoffbombe ohne Veränderung überstehen würde. Dadurch konnte in dem Behälter durch Kernspaltung permanent die Energie einer Atombombe freigemacht werden, die dann als Hitze ablgeleitet werden mußte. Zu Beginn der Experimente hatte man noch starke Sicherheitsvorkehrungen getroffen, weil man nicht wußte, ob dieser neue Behälter nicht doch plötzlich in den Spaltungsprozeß mit einbezogen werden würde. Du hast selbst erlebt, wie das alles nachgelassen hat. Heute behaupten die jungen Schnösel sogar, daß nichts mehr passieren könne, und ich fürchte, die sind sich über den Vorgang in Alpha nicht im klaren."

Damit hatte Donald sich erhoben und ging, ohne sich weiter um den betroffen eingeknickten Abraham zu kümmern, an das Telefon. Nachdem er Dienstgrad und

Werk genannt hatte, fragte er ohne nähere Erklärung nach den Meßwerten des Geigerzählers. Der Diensthabende am anderen Ende der Leitung reagierte erstaunt, und Donald verlieh der Wiederholung seiner Frage Nachdruck durch einen heftigen Ton. Einige Sekunden später hatte er schon aufgelegt. "Abraham", sagte er mit drohender Miene, "entweder verbreitet dein Bruder wüste Gerüchte oder ..." Das beleidigte Gesicht des Nachtwächters ließ Donald stoppen. Er entschuldigte sich bei ihm und bat, ihn für die Nacht allein zu lassen. Donald wußte, daß man erst in der Registratur nachsuchen lassen mußte, um die Pläne für einen alten Sicherheitsmechanismus herauszufinden, der zu seiner Zeit noch große Bedeutung hatte. Schon lange hatte man aufgrund des akuten Platzmangels die Fernsteuerung zugunsten 'wichtigerer' Instrumente aus dem Kontrollraum entfernt. Es gab noch eine manuelle Möglichkeit, aber daran war nicht zu denken.

Einige Wochen später - Donald hatte den Vorfall jenes Abends längst vergessen - bekam er einen gewaltigen Schreck, als er zum Dienstbeginn den Kontrollraum betrat. Intuitiv überschaute er in wenigen Sekunden alle Instrumente. Dabei sah er, daß der Geigerzähler reagierte. "Habt ihr schon Alarmstufe 2 gegeben?" Er sprach wie ein Automat und registrierte verwundert die verächtliche Reaktion seiner Kollegen. Sie hielten es für nötig, ihn darüber aufzuklären, daß der Werkdirektor schon den ganzen Tag davon wisse und mit dem technischen Mitarbeiterstab beschlossen hätte, überhaupt nichts zu unternehmen.

Mindestens eine Stunde danach saß er immer noch steif in seinem Sessel und schüttelte in kurzen Abständen den Kopf. Wenn er sich innerlich mit einem Problem auseinandersetzte, dann übertrug er vieles wie bei einem richtigen Disput nach außen. Er mußte schon eine ganze Weile eingenickt gewesen sein, da schreckte ihn plötzlich schrilles Klingeln aus dem Schlaf. Sein erster Reflex war der Griff nach dem Telefon, doch schon im selben Moment hatte er geschaltet. Der ohrenbetäubende Lärm, bei dem die empfindlichen Geräte im Raum zu vibrieren begannen, konnte nur eines bedeuten: Alarm!

Schnell hatte er die Lage erfaßt. Der Geigerzähler mit der Hardschen Meßskala zeigte höchste Radioaktivität in den Außenwänden des Spaltungsbehälters, der sich in der bleigesicherten Maschinenhalle der Übersetzungsanlage befand. Donald handelte vorschriftsmäßig, als er die Sicherungsscheibe vor dem Knopf einschlug, mit dem man die Stadt in einen Konzertplatz verschiedenster Sirenen verwandelte.

Fast im selben Augenblick betrat der Direktor den Raum. Ihm folgte ein ganzer Schwarm von Technikern mit verschlafenen Gesichtern. Donald hatte den Eindruck, sie hätten alle vor dem Werkseingang auf den Alarm gewartet. Der Direktor sah sich um, und plötzlich verzog sich sein Gesicht zu einer wütenden Grimasse: "Haben Sie die Stadt alarmiert?" Donald brachte es zu einem trockenen "Ja". - "Rückgängig ist es nicht mehr zu machen, aber die Regierung hat strikt untersagt, daß ..." Donald unterbrach ihn hart: "Wenn wir es überleben, können Sie mich von mir aus erschießen lassen, aber jetzt muß gehandelt werden." Er war schon an einen der Notschränke herangetreten und zwei Techniker sprangen herzu, um ihm in den Strahlenanzug zu helfen.

"Was haben Sie vor?" Der Direktor war außer sich. Er fühlte sich offensichtlich immer noch übergangen. "In den Übersetzungsraum. Seit der Fernmechanismus der Sicherungsanlage ausgebaut wurde, ist dies die einzige Möglichkeit, alle Menschen dieser Stadt zu retten." - "Wahnsinn ...", stammelte der Direktor. Die Techniker hingegen hatten sich ehrfurchtsvoll zusammengedrängt. Sie blieben still, denn sie wußten, daß er für sie alle durch sein 'unüberlegtes Handeln' sein Leben opferte.

Donald trat an die schwere Schleusentür, die den Kontrollraum mit der Übersetzungsanlage verband. Hier drehte er sich noch einmal um und blickte mit fast überheblicher Kopfhaltung in die stumme Herde. Die Verachtung, die er in diesem Augenblick empfand, hob ihn göttergleich über die anderen hinweg. Aber angesichts seines sicheren Todes gab ihm dieses Gefühl nicht mehr viel und schnell breitete sich anstelle der Überheblichkeit tiefes Mitleid aus. Jetzt konnte er niemanden mehr verachten und das gab ihm die überirdische Ruhe, die er brauchte, um sich gelassen abzuwenden und durch die Schleuse den Blicken der anderen zu entschwinden.

Der Techniker, der hinter ihm mit gesenktem Kopf die Tür geschlossen hatte, blickte ruckartig hoch. "Wo ist der Direktor?" Alle hatten tief beeindruckt Donald beobachtet und stellten verwundert fest, daß sich der Leiter des Werkes still davongemacht hatte. Sie liefen aus dem Gebäude heraus und hörten noch das Geräusch eines davonfliegenden Helikopters.

Der Direktor hatte sich in der Pilotenkanzel seines Privathubschraubers behaglich zurückgelehnt, denn die Geschwindigkeit steigerte sich automatisch, und die Steuerung oblag dem Bordrechner. Bald war er in Sicherheit. "Trottel", brummte er, als er an den alten Donald dachte. Als wäre es Donalds Antwort, wurde die Maschine von der ersten Druckwelle erfaßt. Der Direktor warf sich verzweifelt nach vorn. Dann zersplitterte das Glas der Pilotenkanzel.

Überall auf der Erde füllten die Rundfunkanstalten und Pressedienste den größten Teil ihrer Nachrichtenübermittlung aus mit Meldungen, Kommentaren und Stellungnahmen bekannter Wissenschaftler zu dem unerklärlichen Unglücksfall bei Glasgow, bei dem eine ganze Stadt mit 2,2 Millionen Einwohnern ausgelöscht worden war.

Donald zögerte keinen Augenblick, als sich die Tür hinter ihm geschlossen hatte.

22

Zielstrebig ging er auf einen Kasten zu, der - an der gegenüberliegenden Wand festgeschraubt - wie ein überdimensionaler Papierkorb aussah. Dabei sah er zu dem Spaltungsbehälter hinüber, dem allerdings eine Veränderung nicht anzusehen war. Doch Donald wußte sehr gut, daß er nur noch sehr wenig Zeit hatte. Auch wenn er körperlich noch nichts empfand, war ihm klar, wie stark er schon jetzt radioaktiv verseucht sein mußte. Sein erleichterter Seufzer wurde zu einem Wutschrei, als er den kleinen Hebel an der Seite des Kastens hochziehen wollte. Der Hebel rührte sich keinen Millimeter. Seine Beine und seine Arme wurden mit einem Schlag schwach. Normalerweise müßte der Hebel einen Mechanismus auslösen, der den stromlinienförmigen Spaltungsbehälter mit einem Raketentriebwerk koppelte, gleichzeitig die Decke der Halle öffnete und innerhalb von 30 Sekunden zündete, um die lebensbedrohende Fracht ins All zu befördern. Doch nichts geschah. Indessen hatte sich Donald mit letzter Kraft an den Hebel geklammert und zog verbissen weiter, obwohl ihm die Sinnlosigkeit jeder weiteren Bemühung bewußt war. Doch ließ die Verzweiflung nicht zu, das kleine Stück Hoffnung, das sich wie ein Hebel anfühlte, loszulassen.

2. Gleiches Licht für alle

Und Gott sah, daß das Licht gut war. Da schied Gott das Licht von der Finsternis.

Die rote Dominanz strahlte mit feierlicher Intensität. In der Versammlung gab es keine Persönlichkeit, deren eigene Farbe nicht von einem roten Schimmer überschattet wurde. Die wichtigsten Farbpersönlichkeiten waren in dem Feld der Strahlen zusammengekommen, um, wie es die Tradition vorschrieb, wieder einmal die Zeit des Lichtes zu feiern. Niemand von den anwesenden Individuen wußte, wie diese Gemeinschaft entstanden war, ebensowenig, wie es eine Erklärung für die eigene Herkunft gab. Mit Sicherheit stand aber fest, daß es in dieser Gemeinschaft verschiedene Intelligenzen gab, die sich allesamt nur kraft ihrer eigenen Farbe mitteilen konnten. Auch die Wahrnehmung war deshalb auf den Farbabtausch beschränkt. Dabei konnte sich immer nur ein solches Bewußtsein voll entfalten, welches es verstand, das größte Spektrum eigener Farbspielarten und Strahlungen zu verwirklichen. Im ungünstigsten Fall diente bei einer derartigen Kommunikation das eine Individuum dem anderen lediglich als Verstärkung der Selbstdarstellung, weil die Vorherrschaft des Lichtes nur eine gegenseitige Farbmischung erlaubte, in der sich dann am Ende die dominierende Farbe noch besser reflektieren konnte, besser jedenfalls, als wäre sie nur auf die Spielarten der eigenen Pigmente angewiesen. Wer es in dieser Gesellschaft dazu bringen konnte, sich deutlicher als andere ins beste Licht zu rücken, hatte eine entsprechende große soziale Bedeutung. Es war von daher schon ein existentielles Interesse jedes einzelnen, in der Gemeinschaft das Geheimnis des Lichtes und damit vielleicht das Geheimnis des Erfolges und der dann erst möglichen Befreiung von den harten gesellschaftlichen Zwängen zu erreichen, von Zwängen, die ihre Ursache in den sogenannten Dominanzen hatten. So war jeder bestrebt, selbst dominant unter den Farben zu werden, jeder wollte das Geheimnis zur Macht entschlüsseln. Eine solche Macht demonstrierte die rote Dominanz auf eine aufdringliche, aber gekonnte Weise. Die Versammlung, in der man sich zu einem bestimmten Punkt jeder Zeitspanne gemeinsam in das Licht versenkte, hatte deshalb nicht nur die Bedeutung einer religiösen Hoffnung. Vielmehr verstärkte dieses Treffen die Solidarität gegen die Finsternis und den Schrecken der Farblosigkeit.

Keiner konnte ahnen, daß es tatsächlich ein farbloses Individuum gab. Dieses Wesen konnte sich in dem endlosen Raum als selbständiges Bewußtsein ohne Begegnung oder Kommunikation mit anderen nur deshalb erhalten, weil es einen Namen gefunden hatte. Sein Name war John. Gefunden, das war der richtige Ausdruck dafür, denn als er noch zur Gesellschaft der Farben gehörte, war er wohl das schwächste Glied in jener sozialen Kette. Immer wieder zu erfahren, daß man selbst nur der Spiegel für die Schönheit aller anderen war, die dann daraus Lebensfreude und Sicherheit gewannen, wurde irgendwann für den Farbschwachen unerträglich. Hätte doch nur ein einziges Wesen seine Bedeutung erkannt, dann wäre er sicher nicht vor Verzweiflung ganz in die Farblosigkeit abgeglitten. Aber damit vollzog sich auch eine Entdeckung, die nur ein Farbloser machen konnte. Er erkannte seinen Namen. Welche Bedeutung das für ihn und die Gesellschaft, die ihn verstieß, hatte, wußte er noch nicht. Doch war das mit

Sicherheit eine Dimension, die vieles in der Gemeinschaft ändern konnte. Vielleicht hätten dann alle eine Chance, sich neu gegenüberzutreten.

Jeder für sich, die rote Persönlichkeit, die grüne, die blaue, die gelbe und die weiße, die schwarze und die braune, die violette und die graue sowie alle anderen Farbwesen, die er nicht kannte. Zu diesem Zweck war auch er, der Farblose, bei der Versammlung anwesend. Aus dem ekstatisch sich versenkenden Grün-Gelb-Weiß-Braun-Blau-Schwarz-Gemisch, das von einem roten Schimmer wie von einem Film überzogen wurde, bemerkte keiner die Anwesenheit des Farblosen, der die frohe Botschaft von der Entdeckung seines Namens verkündigen wollte.

Noch hielt er sich zurück, noch war nicht der rechte Augenblick, die neue, alles übertreffende Dimension einzubringen. Er wollte warten, bis sich die Farben unter der roten Herrschaft zu einem überindividuellen Gemisch vereinigt hatten.

Fast wäre John ungeduldig geworden, als sich nach einiger Zeit jener Höhepunkt in der Gemeinschaft der Farben einstellte, der allen Beteiligten die Sicherheit verlieh, für die nächste Zeitspanne vor der Finsternis und vor der Farblosigkeit geschützt zu sein. Ganz behutsam begann John jetzt, seine große Entdeckung in die von dem Rot umklammerte Gemeinschaft verschiedenster Individuen hineinzustrahlen. Einen Augenblick lang schien es dem Farblosen, als könnte kein einziges Bewußtsein in dem Gemisch die neue Dimension wahrnehmen. Doch - und das kam wirklich unerwartet - sprangen die Farben plötzlich explosionsartig auseinander. Ein nie gekanntes Flackern erfüllte für einige Momente das Feld der Strahlen. Jede Farbe signalisierte auf ihre Art Chaos und Untergang. Doch ebenso überraschend wie das Flackern breitete sich mit ungeheurer Intensität die rote Dominanz über das Feld der Strahlen aus. Noch flackernd, aber mit steifer Konsequenz, schlossen sich nun auch andere Farben der Aktion zur Rettung der Farbsicherheit ihrem Herrscher an. So waren es nur wenige Zeitpunkte, in denen alle Persönlichkeiten der Versammlung mit einer Dimension in Berührung kamen, die ihnen im ersten Schrecken im Vergleich zu ihrer augenblicklichen Gesellschaftsordnung wie der Abgrund der Hölle erschien. Aufs Grausamste enttäuscht und zurückgeschlagen mußte der Farblose erkennen, daß den herrschenden Dominanzen eben dieser erste Schrecken ihrer Untertanen ausreichte, um sie mit einer schnellen Aktion vor einer Befreiung zu bewahren.

Die zufriedenen Farbtöne der sich langsam beruhigenden Versammlung nahmen dem unbemerkten Befreier die letzte Hoffnung, jemals einem Wesen unter dem gleichen Licht zu begegnen. Hoffnungslosigkeit ist wie ein tiefes Loch, und John versank darin ohne Gegenwehr. Immer mehr umklammerte ihn die Dunkelheit. Unvermutet prallte er dann auf die von allen Lebewesen gefürchtete Finsternis. Sein Bewußtsein konnte sich nicht einmal mehr darüber wundern, daß es hier offenbar noch nicht zu Ende war. Im Gegenteil, mit einer fast unerträglichen Geschwindigkeit tauchten völlig neue Welten und Räume auf. Monumentale Eindrücke wechselten in rascher Folge mit fast zärtlichen Empfindungen.

Länger als eine Stunde saß der Mann auf seiner Liege, ohne den merkwürdigen Helm, dessen dickes Kabel die Verbindung zu einem kuppelförmigen Gerät herstellte, von seinem Kopf zu nehmen. Bisher konnte er nur das erkennen, was er von der langsam aufsteigenden Erinnerung her einzuordnen verstand. Soweit es seine Perspektive erlaubte, konnte er eine

kaum übersehbare Zahl an Liegen erkennen, auf denen ausgestreckte Körper
lagen. Sie waren wie auch er über ihre
Helme durch dicke Kabel mit jenem
Kuppelgerät verbunden, das er jetzt als
das Zentrum des kreisrunden Raumes
ausmachen konnte. Alle Körper, die er
auf den Liegen sehen konnte, waren genauso geformt wie er.

Nachdem John mit kindlichem Erstaunen
den Kopf mehrmals hin und her bewegt
hatte, schob er, beinahe ängstlich, den
Helm von seinem Kopf. Als wäre ein Vor-
hang zerrissen, lag plötzlich die ganze
Erinnerung vor ihm. Merklich prallte er
mit dieser neuen Realität für einen Augenblick zusammen. Die Wahrheit, die
sich ihm in diesen Sekunden auftat,
schob alles bisher Erlebte wie einen
Traum beiseite.

Er war ein Mensch, ein Mensch mit dem
Namen John. Er lebte in London und war
von Beruf Ingenieur für Elektronik bei
der E.T. Company, die von der einfachen
Automatik bis zum komplizierten Com-
puter alles produzierte. Er war von Beruf
Ingenieur? Wie ein Echo setzte sich dieser Gedanke in ihm fort. Er war Ingenieur? Was war jetzt? Wo befand er sich?
Warum hatte er so große Erinnerungs-

lücken? Um dem Strom der auftauchenden Fragen zu entgehen, ließ sich John von der Liege gleiten und versuchte es schwankend mit den ersten Schritten. Die Ablenkung gelang. Langsam schlich sich jedoch ein anderer Gedanke in den Vordergrund. John wußte nun, daß er auf den gut sichtbaren Ausgang des großen Raumes mit den vielen steifen Körpern zugehen sollte, um, er sah es vor seinem geistigen Auge ganz genau, eine Tafel mit diversen Schaltern und Knöpfen im angrenzenden Raum nach einem bestimmten Programm zu bedienen.

Programm! Dieses Wort setzte sich in dem Gehirn des Ingenieurs fest. Hinter allem, was er im Augenblick tat, überlegte John, während er den anderen Raum erreichte, steckte ein Programm. Noch als John Knöpfe und Schalter an der Tafel, die auf einer brusthohen Säule lag, in einer bestimmten Folge betätigte, grübelte er angestrengt über jenes geheimnisvolle Programm nach, das ihm offensichtlich auch die richtige Bedienung der unübersichtlichen Schaltungen ermöglichte. Die Frage nach dem Sinn war noch gar nicht in seinen Gedanken aufgetaucht, da reduzierte sich schon die Beleuchtung und ein überlebensgroßes Gesicht blickte von einem Bildschirm an der Wand auf den einsamen John. Die Erinnerung in ihm tobte, als der Mann auf dem Schirm zu sprechen begann:

"Meine lieben Mitmenschen, sicherlich haben inzwischen alle ihr Gedächtnis zurück. Wie Sie ja wissen, sind Sie jene Freiwilligen, von denen vielleicht das Überleben der Spezies Mensch abhängt. Bevor wir Sie einfroren, verschwiegen wir aus gutem Grund, was Ihnen jetzt offenbart wird. Es ist allen bekannt, daß der globale Konflikt eines Atomkrieges unvermeidlich wird. Keiner Nation gelang es, die wirklichen Ursachen für die drohende Selbstvernichtung herauszufinden und damit vielleicht die Gefahr zu beseitigen. Unser vom Vereinigten Westeuropa geschaffenes Institut zur Erforschung sozialer Konflikte stellte nach Verarbeitung aller Daten fest, daß das gesellschaftliche Prinzip der Konkurrenz, der Herrschaft und der Unterdrückung notwendigerweise mit der gegenseitigen Vernichtung der Menschheit enden muß. Da dieses Prinzip offenbar ebenso alt ist wie die Menschheit selbst, wäre eine Korrektur in der gegenwärtig bedrohlichen Lage nicht mehr möglich. Nirgendwo auf der Erde könnten Herrschende und Profitierende einsehen, daß dieser Konflikt nur durch ihren Verzicht zu lösen wäre.

Damit wären wir schon bei Ihnen, meine Damen und Herren. Sie alle haben zwei besondere Eigenschaften gemeinsam. Jeder von Ihnen qualifizierte sich auf wirksame Art in der Gemeinschaftsfähigkeit und Teamfreudigkeit. Dazu verfügt jeder über eine akademische Ausbildung. Glauben Sie mir, die Wahl fiel uns sehr schwer. Sie wurden also in den Tiefschlaf versetzt, und dann schickten wir Sie mit unserem besten Raumschiff auf die Reise, um einen neuen Planeten für die Menschheit zu erschließen. Unsere Hoffnung liegt nun darin, daß es Ihnen gelingt, soziale Gleichberechtigung von Beginn Ihres Erwachens an kollektiv zu verwirklichen, denn nur so ist gewährleistet, daß Sie die blutrünstige und leidvolle Geschichte der Menschheit nicht zu wiederholen brauchen."

John hatte sich auf einen der Sitze vor dem Schirm niedergelassen und nickte betroffen. Als hätte der längst nicht mehr Lebende auf dem Schirm seine einsamen Gedanken gelesen, fügte er noch mit einer müden Geste hinzu: "Sollte wider aller technischer Wahrscheinlichkeit nur ein Teil Ihrer Gemeinschaft erwacht sein und diese Nachricht vernommen haben, so entsteht nach unseren Berechnungen schon eine derartig große Diskrepanz in der Gemeinschaft, daß die Wiederholung sozialer Konflikte und Widersprüche nicht mehr zu verhindern ist. Für diesen Fall eben, was doch ziemlich ausgeschlossen scheint, wird zwei Minuten nach der Beendigung dieser Nachricht ein schnell und schmerzlos tötendes Gas in die Schiffsräume strömen, damit niemand die Qual einer Explosion oder eines gesellschaftlichen Unterdrückendaseins zu spüren bekommt. Ich wünsche Ihnen allen einen guten neuen Anfang."

Auch wenn John wie geschlagen in seinem Sitz lag, hatte er es gut verstanden. Sehr gut hatte er es sogar verstanden. Noch während er über die Bedeutung der Botschaft nachsann, zog ihn ein längst gewohnter Strudel an. Und wieder kam die Finsternis.

3. Die Idiotenwiese

"Im 20. Jahrhundert wäre ein Mensch in meiner Lage sicher stolz gewesen", dachte Mary D 1-00/UZ, während sie den Vakuumkanal verließ und in einer der vielen Personennischen der 11. Minusetage ihre Sauerstoffkiemen in die Luftschleusenmechanik legte. Der nahtlose Übergang vom Vakuum zu atembarer Luft erwies sich gleichzeitig auch als letzter Schritt des hervorragenden Transportsystems, denn unvermittelt befand sich Mary im Übertragungssaal 2 des monumentalen Forschungszentrums. "Der Stolz des 20. Jahrhunderts und die vielen anderen Emotionalsymptome des animalischen Menschen sind fast zu einem Sonderinteressenstudium oder, wie man wohl in alten Zeiten sagte, zu einem Privathobby von mir geworden", spann Mary ihren Gedankenfaden weiter. Indessen hatte sie die vordersten Reihen der Sitzschweben erreicht, die sich um einen ca. 20 Meter durchmessenden Kristallring anordneten.

Als sie eine körperadäquate Schwebeposition eingenommen hatte, stellte sie mit einer Drehung fest, daß der Saal bis auf den letzten Platz besetzt war. Dabei fielen ihr nur vier rotleuchtende Overalls auf, die gleich ihrem eigenen signalisierten, daß deren Träger anerkannte Assistenten im gesamten Komplex des Forschungs- zentrums waren und bis zur Übernahme eigener Aufgaben einen Studiums- und Informationsauftrag hatten.

Eine sanfte Abdunklung war das Zeichen für den Beginn der Vorführung. In einer etwas abgesonderten Sitzanordnung, die besonders durch ein Kontrollpult ins Au- ge fiel, erhob sich ein Mann des leitenden Forschungsteams, und das hundertfache Gemurmel brach mit dem gleichzeitigen Aufleuchten einer Signalleuchte ab.

"Arbeit und Forschung für die Menschen- würde", begann der Sprecher des Teams, "sind die Leitwerte unserer seit 200 Jahren unter wissenschaftlicher Kontrolle und In- itiative wachsenden Gesellschaftsstruktur. Ich brauche Ihnen nicht mit historischen Daten aufzuwarten, doch ist es von großer Wichtigkeit, die folgenden Vorführungen unserer Forschungsergebnisse zur Aufar- beitung gewisser Sozialisationswidersprü- che genauer zu erläutern. Wie Sie ja wissen, hat der überwiegende Teil der Menschheit einen gehobenen Lebens- stand mit akademischer Reife erlangt. Diese Realität quantitativ und qualitativ zu verbessern, ist nun die Aufgabe der fünf größten Forschungszentren der Erde, die an die Stelle der vor ca. 200 Jahren noch üblichen Regierungssysteme getreten sind. Wir alle kennen die verheerenden Selbstvernichtungsapparate, die der emotional-animalische Mensch unter dem Synonym der verschiedensten Regierungssysteme konstruiert hatte. Um nur ein Beispiel herauszugreifen: die grassierende Kriminalität und die sich damit immer erfolgloser befassenden Institutionen wie Gefängnisse, Psychiatrien und so weiter.

Nun ist es uns gelungen, jene Folter- und Destruktionsinstrumente einer pervertierten Gesellschaftsentwicklung mit Hilfe rationaler, also wissenschaftlicher, Kontrolle abzuschaffen und den Menschen wieder in den Mittelpunkt der Zivilisation zu stellen. Die Schwierigkeit war nur, daß ein kleiner Teil der Menschheit diesem Prozeß nicht folgen konnte und, da es keine Verwendung mehr für nicht-akademische Arbeitskräfte gibt, auch mit ihren Möglichkeiten zur freien Willensentfaltung und zur vollen Menschenwürde ins Hintertreffen gerieten. Die Lösung dieses Widerspruchs auf dem Boden der freien Entscheidung und der Würde des Menschen sollte der Forschungsbeitrag unseres Zentrums erbringen, damit wir unser Augenmerk noch mehr auf den technisch-zivilisatorischen Fortschritt der Menschheit richten können - im Interesse der ganzen Gesellschaft. Damit möchte ich den hier versammelten Kapazitäten der verschiedenen Wissenschaftskomplexe das Urteil überlassen, ob unsere Resultate gegen die Logik, die Menschenwürde und den Fortschritt verstoßen, oder ob sie der Gesellschaft dienen."

Mary war offenbar die einzige, die vergaß, das Zustimmungssignal zu geben, denn an der Decke leuchteten bis auf einen kaum wahrnehmbaren Punkt die Beifallsreflexe auf. Schnell berührte sie noch die dafür installierte Vorrichtung, und damit war eine Fehlerquelle korrigiert. Schließlich war alles Gesagte nur logisch und rechtlich abgesichert, und die Enthaltung der Zustimmung konnte nur auf eine irrationale Gefühlsregung zurückzuführen sein, die die Notwendigkeit einer Logikbehandlung im örtlich zuständigen Institut nahelegte. "Meine Position an einem zentralen Forschungsinstitut darf ich durch so etwas nicht aufs Spiel setzen", dachte Mary, während das Flimmern im Kristallring die Vorführung ankündigte.

"Bitte setzen Sie Ihre Sensorkappen auf!" ertönte eine auf allen Plätzen hörbare und dennoch dezente Stimme. Das Flimmern setzte plötzlich aus, und der Längsschnitt durch einen Etagenkomplex wurde sichtbar. Wie bei den alten Teleskop-Kameraaufnahmen wurde ein Ausschnitt von mehreren Zimmern herausgeschält. Genau waren es sechs Räume, die einen Durchgang zu einem kleinen Saal hatten, welcher durch sechs Liegewannen sowie verschiedene technische Geräte entfernt an eine Intensivstation, wie man sie in den modernen Kliniken für Unfallverletzte fand, erinnerte. In jedem der sechs Räume hielt sich eine in allen körperlichen und psychischen Funktionen offensichtlich stark deformierte Person auf. Keiner der wissenschaftlichen Zuschauer konnte umhin, mit Schaudern an die Schrecken jener Aufbewahrungsanstalten für Schwachsinnige zu denken, die zu früheren Zeiten üblich gewesen waren.

Hier wurde am deutlichsten demonstriert, wie der Mensch im 21. Jahrhundert Humanität praktizierte. In jedem Zimmer befanden sich zusätzlich noch drei akademisch qualifizierte Mitarbeiter, die in der Hauptsache die Aufgabe hatten, alle Willensäußerungen und für nicht ausgebildete Kräfte kaum wahrnehmbaren Wünsche der Behinderten, soweit es eben möglich war, zu realisieren. Diese in Schichten zu jeweils zwei Stunden sich ablösenden Fachkräfte stellten einen Faktor fortschrittlichen Humanitätsverständnisses der Neuen Gesellschaft dar. Wichtig war bei dieser Praxis, dem Behinderten Selbstverwirklichung und freie Entscheidung weitgehend zu ermöglichen, damit man den ethischen und gesetzlichen Ansprüchen der Wissenschaftlichen Gesellschaft gerecht werden konnte. Manipulation, welcher Art auch immer, war ausgeschlossen.

Soweit es für die beobachtenden Wissenschaftler zu übersehen war, beschäftigten sich die Betreuer mit der Vorbereitung der Mahlzeitangebote für die ohne Ausnahme apathisch in ihren Zimmern Hockenden. Ziemlich zur selben Zeit servierten sechs Pfleger ihren Anvertrauten verschiedene heiße Gerichte, und wählerisch griffen sich die Behinderten eine appetitliche Zubereitung heraus.

Mary bemerkte in ihrer gespannten Aufmerksamkeit nicht, daß die Schwachsinnigen alle das gleiche Gericht zu sich nahmen. Auch die anderen Wissenschaftler, denen in diesem Vorführungssaal bisher unbekannte Dimensionen der Beobachtungstechnik am menschlichen Objekt durch die Sensorkappen eröffnet waren, ließen die Übertragung der Geschmacksempfindung der sechs Beobachtungsobjekte, die in ihrer Gleichheit auf die Wahl desselben Gerichtes schließen ließen, unbeachtet. Vielleicht war es auch die anfängliche Faszination, die die Sensorkappen auf ihre Benutzer ausübten, da sie das Mitempfinden aller Gedanken, Gefühle und sinnlichen Erfahrungen der Beobachtungsobjekte ermöglichten.

Allgemeines Erstaunen machte sich erst durch eine gewisse Unruhe im Saal bemerkbar, als sich plötzlich die sonst so kraft- und bewegungsarm vermuteten Körper gezielt und dynamisch zur gleichen Zeit erhoben und, als würden sie seit Jahren um genau diese Zeit nichts anderes machen, mit sicheren Schritten in den angrenzenden Stationssaal spazierten. Das Erstaunen wuchs, als die sonst so hilflosen Geschöpfe ohne Orientierungshilfe oder gar Betreuer auf jeweils eine der sechs im Saal befindlichen Wannen zusteuerten. Der Eindruck einer nach historisch-militärischen Vorbildern praktizierten Exerzierübung machte sich unter den Wissenschaftlern breit, bis den Zuschauern über die Sensorkappen eine nur dem Instinkt entspringende Erregung in sechsfacher Verschiedenheit übermittelt wurde. Alle spürten mit diesen sechs deformierten Menschen die fast glückselige Erregung, als jeder der Behinderten sich auf seine Art ungeschickt in eine der dreiviertel mit einer bräunlichen Flüssigkeit gefüllten Wannen gleiten oder plumpsen ließ.

*

Der sanfte Wind, der in einer unaussprechlichen Milde die nackten Körper berührte, stellte die spürbare Verbindung zu dem wolkenlosen Himmel her. Der Himmel wurde in seinem vollkommenen Blau nur noch von der im Zenit stehenden Sonne überstrahlt. Rund 500 Gehirne waren sofort Gefangene einer Landschaft, die es in ihrer Schönheit nicht erlaubte, wissenschaftlich beobachtet zu werden. Wie erst empfanden jene sechs formvollendeten menschlichen Gestalten, die in der Mitte einer blumenübersäten Wiese das Streicheln des warmen, sanften Windes erfuhren? Eingebettet in so eine landschaftliche Harmonie, die sich am Horizont mit Wäldern und Bergen fortsetzte, standen die sechs Menschen reglos da. Keiner von ihnen hob die Hand oder bewegte ein Bein, kein einziger Laut kam über ihre Lippen. Die Schönheit dieses Augenblicks bewegte die Gefühle der sechs auf sonderbare Weise. Wenn hier noch eine korrekte Übertragung der Sensorkappen möglich war, so wurden alle Beobachter jetzt von grenzenlosem Erstaunen, heller Freude und einer fast heiligen Starre ergriffen, welche wohl ihren Ursprung in einer Haltung hatte, die diese Schönheit um nichts in der Welt stören wollte. Jeder Ausruf, ja, jedes Wort, hätten eine Atmosphäre des Friedens zerstört, die ihresgleichen nicht kannte. Auf dieser Wiese atmeten die Gestalten wie ein Mensch, fühlten sie wie ein Mensch, und eine Freiheit und Tiefe tat sich auf wie die fremde, weite Welt, die der Säugling mit einem Angstschrei kommentiert, wenn er zum ersten Mal seine Augen öffnet. Und da war es auch schon! Ein Schrei oder die Ahnung eines Schreies. Diese Ahnung war plötzlich nicht mehr zu vertreiben. Mit ihr kroch zuerst fast unbemerkt eine Dämmerung über den blauen Himmel, die langsam wie die Ahnung immer dunkler wurde. Die Menschen auf der Wiese waren angesichts dieser Empfindungen und des Schauspiels, das sich ihnen bot, in die Knie gesunken. Die Technik der Sensorkappen hatte hier ihre Grenzen, denn was den Wissenschaftlern in diesem Augenblick wie der Wechsel zwischen Tag und Nacht erschien, wurde für die sechs Menschen, die nun dicht nebeneinander auf der Wiese kauerten, zur Gewißheit einer dunklen, qualvollen Existenz, die ihnen nach dem eben Erlebten als Gefängnis ohne Ausweg auf furchtbare Weise zu Bewußtsein kam.

Unbeholfen, aber zielbewußt, krochen oder kletterten zur gleichen Zeit die sechs Behinderten nach einer halben Stunde wieder aus den Wannen. So leicht und sicher sie in die Station hineingekommen waren, so hilflos irrten sie jetzt zwischen den Wannen umher. Mit großer Aufmerksamkeit und Zuwendung geleiteten die Betreuer die Hilflosen wieder in ihre gewohnten Zimmer zurück. Mit einem Flimmern verschwand das Bild, das immer noch alle Blicke der versammelten Wissenschaftler auf sich zog.

Mary wußte zwar, daß die Vorführung des noch geheimgehaltenen Forschungsresultates für zwei Tage geplant war, doch war sie trotzdem darüber erstaunt, daß bisher jeder Hinweis auf den Sinn und den Zweck der Vorführung fehlte. Sie wunderte sich noch mehr darüber, daß keine der zur Beurteilung anwesenden Kapazitäten der verschiedenen Wissenschaften eine Erklärung verlangte. Da es jedoch ohnehin Sache des 500 Personen umfassenden Komitees war, erst am Ende der Vorführung - das hieße morgen - ein Urteil über die Vor- oder Nachteile der Ergebnisse für die Gesellschaft zu fällen, sollte man eigentlich bis morgen mit allen Fragen warten. Dennoch konnte Mary die unausgegorenen Fragen und Gedanken - oder keimten da schon Zweifel - nicht beiseiteschieben. Wenn sie nicht in die Gefahr geraten wollte, Gefühle zu entwickeln, mußte sie das alles mit Gewalt abschalten. Sicher war sie nicht allein beeindruckt von den merkwürdigen Empfindungen, die diese neuen Sensorkappen übermittelt hatten. Schnell schob sie sich mit den anderen in den Vakuumkanal, um ohne Umweg ihr Quartier aufzusuchen. Zumindest brauchte sie erst einmal eine E-Großhirnmassage.

*

Präzise um 15.00 Uhr Mitteleuropäischer Zeit erhob sich im Vorführungssaal der 11. Minusetage des 3. globalen Forschungszentrums der Mann des leitenden Forschungsteams, der schon am Vortage zur selben Zeit die Vorführung eingeleitet hatte.

"Für den Fall, daß schon jetzt jemand unter den Anwesenden juristische, medizinische oder psychologische Bedenken äußern möchte, bitte ich darum", sagte er und setzte sich nach einer bescheidenen Verbeugung hinter das Kontrollpult. Von den ca. 500 Anwesenden hatte nicht einer das Bedürfnis, schon vor Abschluß der zweiten Vorführung irgendeinen Kommentar abzugeben. So stand dann wieder nach kurzer Wartezeit die dreidimensionale Übertragung wie am Vortage in dem großen Kristallring. Mary glaubte zu spüren, daß alle Zuschauer nicht mehr ganz so gespannt waren wie bei der ersten Vorführung, denn das gewohnte Bild der an den Wannensaal angrenzenden sechs Zimmer ließ nichts Besonderes erwarten. Man registrierte lediglich das Phänomen, daß die Schwachsinnigen zum selben Zeitpunkt wie am Vortage spontan ihre Plätze in den Zimmern verließen und den Wannen im angrenzenden Saal zustrebten. Wieder wurden die Beobachter von der instinktiven Erregung überrascht, welche über die Sensorkappen (kurz SeKs) wie Wellen in die Gemüter flutete. Sechsmal klatschte es auf, und die Behinderten versanken wieder in der bräunlichen Flüssigkeit. Hätten die Zuschauer nicht selbst durch wissenschaftliche Kontrolle gewährleistet, daß Manipulation ausgeschlossen war, so wäre wieder der Eindruck einer militärischen Übung entstanden.

*

Ein leichter Wind bewegte die frischen Grashalme der unendlich großen, blumenübersäten Wiese. Der klare, blaue Himmel mit der strahlenden Sonne paßte ebenso in das traumhafte Bild wie die sechs Menschen, von denen jeder für sich schon ein Schauspiel formvollendeter Schönheit war. Wie bei einem Tanz hoben die Gestalten nach einigen Augenblicken langsam die Arme und faßten sich alle vorsichtig, als könnte etwas zerbrechen, bei den Händen. Die Empfindungen, welche sich in diesem Moment bei der kleinen Menschengruppe unaufhaltsam steigerten, registrierten die SeKs als alles erfassende Geborgenheit. Merkwürdig war nur, daß diese Geborgenheit anschwoll ähnlich dem Rauschen des Meeres. Ein anderer Vergleich wäre für jenes immer stärker werdende Freiheits- und Friedensgefühl kaum möglich, das bei vielen der Zuschauer im Vorführungssaal schon einen leichten Schwindel auslöste. Der Schwindel wurde bei den Wissenschaftlern stärker, denn plötzlich war da wieder jene dunkle Ahnung, die sich dem Drängen und Fühlen nach Befreiung und ungefesselter Lebensfreude entgegenstellte wie eine plötzliche Sturmbö dem Gasluftballon. Den verblüfften Beobachtern schienen die folgenden Sekunden fast nicht mehr greifbar. Ein kurzer Kampf entspann sich zwischen einer plötzlichen Gewißheit, die ihre Wurzeln tief in die Qualen einer menschenunwürdigen Existenz schlugen, und dem immer energischeren Drängen nach Befreiung und Beendigung. Nur mit einer Explosion konnte eine solche Spannung sich lösen. Zur Überraschung der Wissenschaftler ging diese Spannung jedoch schnell in eine undefinierbare Wahrnehmung über, wie vielleicht ein Vogel sie haben könnte, würde er sich immer schneller werdend in die Lüfte erheben. Die kleine Gruppe war mit der Wiese verschwunden, und tausend erstaunte Augen sahen nur noch ein weites und tiefes Blau.

Das Flimmern in dem Kristallring rief die Wissenschaftler wieder in die Wirklichkeit zurück. Kaum hatten alle die Sensorkappen abgestreift, war plötzlich wieder jener Saal mit den sechs Wannen zu erkennen. Nur ein Detail hatte sich verändert. Die Flüssigkeit in den Wannen war blau verfärbt, und die Schwachsinnigen konnte man weder in dem Saal noch in ihren Zimmern entdecken - Zimmer, die schon von geschäftigen Mitarbeitern für ihre neuen Bewohner hergerichtet wurden.

Das Programm sah nach dieser Vorführung eine mehrstündige Beratung der verschiedenen Fachwissenschaftler untereinander vor. So löste sich die Versammlung in verschiedene Gruppen auf.

Mary schloß sich der Juristengruppe an, weil die Sitzung dieser Wissenschaftler unter dem Vorsitz eines ihrer ehemaligen Dozenten stattfand. Prof. Dr. Arthur K 0-00/BR war die zur Zeit größte Autorität auf dem Gebiet der Menschenrechtsphilosophie. Seine Filme und Computervorlesungen waren in Marys Studienzeit ihre beliebtesten Interessenschwerpunkte. Gerade weil sie nach dem Ende der Vorführung so irritiert war und in ihrer Logik festhakte wie in einem verklebten Knoten, erhoffte sie sich von dem gereiften Wissenschaftler Anhaltspunkte, die sie wieder in die Bahnen logischer Lösungsmöglichkeiten zurückführten.

Die Gruppe fand sich in einem Lehrsaal um eine freischwebende Konferenztischplatte. Wie erwartet ergriff Prof. Arthur als erster das Wort: "Nach meiner Einschätzung und der flüchtigen Datenauswertung, meine Damen und Herren, die uns im Vorführsaal schon möglich war, bin ich, zusammengefaßt, zu folgendem Ergebnis gekommen: Da nach allen bisher vorliegenden Fakten Fremdbeeinflussung oder gar Zwang irgendeiner Art ausgeschlossen ist, muß die wohl erstaunliche Tatsache der Selbstauflösung, die die Schwachsinnigen mit begieriger, fast möchte man sagen glückseliger Entschlossenheit, an sich verübten, als ein ungeheurer Fortschritt der Wissenschaft betrachtet werden, der die Freiheit und damit die Menschenwürde des Behinderten in unserer Gesellschaft auch dahingehend ausdehnt, daß er sich auf ekstatische Weise auf der Basis des freien Willens seines körperlichen Elends und damit seiner erniedrigenden Position in der Gesellschaft entledigen kann. Wie wir gesehen haben, liegt es offenbar in der Logik eines so großen Freiheitsangebotes, den Leidenden mit mathematischer Sicherheit ebenso wie die Gesellschaft von einer unwürdigen Daseinsform zu befreien. Juristisch ist es also nicht nur ein einwandfreies Verfahren, sondern am Ende noch eine Vertiefung unserer ohnehin schon nach dem Stand der Wissenschaft perfektionierten Humanität!" Sichtlich beeindruckt von seinen eigenen Worten setzte sich Prof. Dr.

Arthur K 0-00/BR auf seine Schwebe zurück. Eine begeisterte Gesetzeswissenschaftlerin ergriff daraufhin das Wort: "Denken Sie nur, innerhalb von wenigen Wochen könnte jedes Behandlungsinstitut auf der Welt ..."

Niemand bemerkte Mary D 1-00/UZ, die sich schwankend erhoben hatte, und wie von einer fremden Kraft getrieben auf den Vakuumtransporttunnel zueilte. Was war mit ihr los? War sie denn ganz und gar defekt? Marys Gedanken überschlugen sich, während die immer deutlicher werdende Ahnung, die sie trieb, langsam jeden Zweifel beiseite schob wie die Dämmerung das Licht.

Der Mann, der der schwankenden Frau zu Hilfe eilen wollte, zwängte sich hinter ihr in die Personenschleuse, wo er gerade noch die Gestalt im V-Kanal verschwinden sah. Der Mann begriff, daß die Frau, die er nicht mehr stützen konnte, wie es seine Absicht gewesen war, in der Tat gesundheitlich ziemlich schlecht dran gewesen sein mußte, denn sie hatte ihr Sauerstoffgerät, die für den Vakuumtransport notwendige Kieme, im Schleusenmechanismus vergessen.

4. Komm du

Diese Schaltskala konnte mit einigen Myriaden Möglichkeiten reagieren. Dennoch war sie übersichtlich angeordnet, und Fokus hatte keine Schwierigkeiten, sie zu bedienen. Ihm war es ohnehin nicht wichtig, jemals zu erfahren, welches System dahintersteckte oder wieviele Einzelheiten daran beteiligt waren, solange er nur immer mit der Skala spielen durfte. In seiner bequemen Halterung, die ihn zur Schlafzeit wie zur Spielzeit trug, erschien ihm nur noch das Ausforschen der schier unerschöpflichen Schaltungen bedeutsam, konnte er sich doch nicht einmal entsinnen, zu irgendeinem Zeitpunkt etwas anderes getan zu haben.

Konzentriert blickte Fokus auf zwei Sichtschirme, die ziemlich in der Mitte der Skala angebracht waren. Darauf konnte er sanft leuchtende Zeichen erkennen. Nach wenigen Augenblicken der Beobachtung gab es für Fokus keinen Zweifel mehr, es waren Zeichen, die den Wunsch irgendeines anderen Skalaspielers zur Kontaktaufnahme mit ihm symbolisierten. Dieser so seltene Vorgang löste doch einige Unentschlossenheit bei Fokus aus, denn eine Kontaktaufnahme oder Spielbegegnung, wie es unter den Akteuren genannt wurde, versprach eigentlich immer, sehr anstrengend zu werden. Bei dem Überfluß der Entspannungs- und Zeitvertreibangebote kam es auch zunehmend seltener zu solchen Begegnungen, erforderten sie doch auch jedes Mal ein Höchstmaß an Aufmerksamkeit. Vermutlich verfielen alle anderen ebenso wie Fokus der angenehmen Dimension des Vergessens.

Die zögernde Reaktion hatte bei Fokus den Entschluß, auf diese Begegnung einzugehen, nur ein wenig hinausgeschoben, dann betätigte er doch die Exkurs-Taste, um von neuem die Anstrengung einer genauen Schirmbeobachtung auf sich zu nehmen. Jetzt war es an dem anderen, seine Schaltungen einzustimmen. Der andere, wer auch immer das war, hatte mit seinem Anliegen zu einer Spielbegegnung wohl gerade den richtigen Augenblick getroffen, denn Fokus befand sich in einer ausgesprochen belebten Stimmung. Das vorangegangene Spiel erforderte zwei Halbkreisdrehungen seiner Halterung, und die Wirkung war äußerst anregend und kräftigend. Dazu kam noch die Erfahrung, daß sich einige Aufregung ganz gut auf die Schlafzeit auswirkte. Viel zu schnell war er sonst immer hellwach, wenn, wie es zur Schlafzeit öfter geschah, die Autoks seine Kapsel aufsuchten, um die Anlagen zu überprüfen. Natürlich war es erheblich schlimmer, wenn diese widerlichen kleinen Robots aus wichtigen Gründen genau zur Spielzeit in Erscheinung traten. Besonders schrecklich erschien es Fokus wohl, durch die selbstgesteuerten Autoks an seine eigene Bewegungsarmut erinnert zu werden. Diese üble Seite seines Daseins wurde jedoch um vieles mit Hilfe der Skala wieder aufgehoben.

Fokus lehnte sich behaglich zurück, denn die musischen Klänge, die den Raum zunehmend durchwanderten wie weiße, windbewegte Wolken am blauen Himmel, zeigten den Beginn der Begegnung mit dem anderen an. Oft hatte Fokus in Filmen den von leichten Wolken durchwanderten blauen Himmel gesehen. Bei den fast sichtbar schwebenden Klanggeräuschen, die sich überall im Kapselraum langsam und harmonisch durch die Luft bewegten, kam ihm deshalb der Vergleich mit den Wolken in den Sinn. Weil dieser Gedanke so zutreffend war für das, was Fokus sah und hörte, sollte er auch sofort dem anderen zugute kommen.

Über die Anlage konnten alle Gedanken-
bilder zum jeweils angeschlossenen Empfänger teleprojiziert werden, so daß Fokus,
wenn er sich ein Bild intensiv vorstellen
konnte, nur die Exkurs-Taste einrasten lassen mußte, damit diese Vorstellung zum
Empfänger gelangte. Längst lauschte er
wieder den verbliebenen Klangresten, die
immer noch seine Aufmerksamkeit her-
ausforderten, denn die Bedienung der
Exkurs-Taste war nur eine kurze Zwi-
schenbelastung.

Das Wunderbare an einer Spielbegegnung waren immer wieder die überra-
schenden Schönheiten und Harmonien,
die von beiden Spielern gleich Assoziatio-
nen zu einer langen Kette schmeichelnder
und erregender Sinneseindrücke aneinan-
dergereiht werden konnten, welche man
sich gegenseitig im Verlauf eines Kontak-
tes in die Kapselräume projizierte. Schnell
ging eine solche Begegnung dann mei-
stens jedoch an der Entwicklung unan-
genehmer Projektionen zu Ende. Fokus
konnte sich an eine Übertragung erinnern, die an dem Auftauchen mathematischer Symbole scheiterte, oder in einer
anderen Begegnung war es einfach ein
Bild, in dem tanzende Roboter vorkamen.
Solchen Bosheiten ging er kurzum durch

Kontaktunterbrechung aus dem Wege. Ein blauer Himmel mit schneeweißen Wolken darin war hingegen schon ein guter Anfang, und das machte Fokus richtig stolz.

Lange brauchte er auch nicht zu warten, um den Einfall des anderen auf seine Idee hin kennenzulernen, denn da drängte sich etwas aus der Skala wie ein junger Keim heraus, das von Zwitscher- und Flattergeräuschen begleitet wurde. Zart und lebendig verdichtete sich die Wahrnehmung zu einem undurchdringlich belaubten Baum. Am Ende war in der Kapsel nur noch seine mächtige Krone zu sehen. Kleine farbenprächtige Vögel hüpften in den Zweigen und die Sonne schickte ihre Strahlen durch das Geäst hindurch. Selten erweckten Übertragungseindrücke ein sehnsüchtiges Staunen in Fokus, doch hier verstieg er sich für wenige Augenblicke traumgleich in der Schau. Sein inneres Auge füllte sich dabei mehr und mehr mit einem Bild von spielenden Kindern. Sie lachten und waren glücklich. Auf einer großen Grünfläche tollten sie mit einer kleinen, leichten Kugel herum und erfüllten Fokus' Phantasie mit springendem Leben. Er vergaß nicht, die Exkurs-Taste zu drücken, denn bestimmt war im Verlauf dieser Begegnung mit einer großen Menge an Wundern und Schönheiten zu rechnen. Den Baum und die Vögel konnte er nur noch bei starker Konzentration erkennen, doch schien ihm der Kraftaufwand nicht sinnvoll, zumal er mit unruhigen Sinnen den nächsten Eindrücken entgegensah. Unwillkürlich schloß Fokus seine Augen. Wie ein süsser Duft stieg es empor. Langsam öffnete er den Mund, vielleicht nur einen kleinen Spalt, um den wundervollen Geschmack herauszulassen, der seinen Gaumen umstrich und die Nase angenehm reizte. Trotz dieser erstaunlichen Empfindungen wurde Fokus völlig von den Lauten überrascht, die aus seinem eigenen Munde kamen. Er schlug die Augen auf, fast so, als wolle er die Töne sehen. Er sah sich von Ereignissen mitgerissen, die in ihrem Gefolge Erinnerungen und Wünsche ohne absehbares Ende entfesselten, daß er kaum noch die Zeit fand zu staunen. Mit seinen eigenen Ohren hörte er, wie sein Mund ein Lied sang. Jeder Ton war deutlich zu vernehmen, und das wohl Seltsamste an dem ganzen Phänomen waren die Worte, von denen er jedes verstand. Es war ein Kinderlied. Dankbar sog sein Bewußtsein in sich auf, was es verstehen konnte, als hätte es die ganze Zeit nur auf dieses Lied gewartet. Fokus begann seinen Körper im Rhythmus des Liedes zu wiegen. Anfangs noch vorsichtig und ängstlich, doch schon nach kurzer Zeit wurden seine Bewegungen intensiver und eine verloren geglaubte Freude brach aus ihm hervor. Immer wieder setzte er an, um diese schöne Musik und den einfachen Text mit dem ganzen Körper zu erobern.

Ein Männlein steht im Walde
auf einem Bein.
Sag wer mag das Männlein sein,
das da steht auf einem Bein;
ein Männlein steht im Walde
auf einem Bein.

Die Halterung hatte schon die kraftvollen Schwingungen einer Schaukel erreicht, da Fokus mit jedem neuen Anfang lauter sang, und die Drehungen der Halterung durch seine begeisterten Schwünge heftiger wurden. Jedoch zeichnete sich hier auch bereits langsam das Ende seiner berauschenden Aktion ab, denn ungewohnt der damit verknüpften Anstrengung machte ihm bald schon die Ermüdung zu schaffen. Als er das Lied nur noch vor sich hin summte, begann er, darüber nachzudenken. Wenn er es sich genau überlegte, konnte er das Lied doch nicht ganz verstehen. Bei diesem Gedanken wurde ihm unbehaglich. Irgendwo in dem Text mußte ein Fehler stecken, und Fehler waren ihm schon immer unheimlich. Fast hätte Fokus den Kontakt deshalb abgebrochen, da hatte er einen Einfall, der ihm wie ein breiter Ausweg aus dem Durcheinander erschien. Überraschend waren seine Überlegungen auf den vermeintlichen Fehler gestoßen. Das aber war ein Umstand, der Spannung in das Spiel brachte. Die Lust an der Begegnung gewann wieder die Oberhand, und die Neugier auf die Antwort, die er von dem anderen erhalten würde, wurde zur wahren Triebfeder, wenn er sich die Teleprojektion über den Unsinn, der in dem Lied vorkam, ausmalte, die der andere von ihm empfangen würde. Vielleicht hatte der andere sogar eine Lösung bereit. Fasziniert von seiner Idee schlug er auf die Exkurs-Taste. Dabei dachte er konzentriert: "Sag, wer mag das Männlein sein?"

Es folgte eine körperlich spürbare Stille. Selbst die Skala strahlte nur ein mattes Licht in den Raum. In langgezogenen Abständen ertönten leise Bereitschaftssignale. Die abgedunkelte Beleuchtung, welche die Stille noch besonders herausstrich, brachte Fokus in die bedenkliche Nähe eines Alpdrucks.

Ob sein empfindsames Gemüt durch eine derart leere Hülse hindurchfinden konnte, wurde immer zweifelhafter. Währenddessen nahmen die Befürchtungen, er könnte den anderen beleidigt haben, ständig zu. Wie Schlinggewächse rankten sie sich um die gleichzeitig ins Traumhafte wachsenden Erwartungen herauf. Darum war er enttäuscht, als nach so aufreibender Wartezeit eine unerwartet schwache Reaktion des anderen durch seine Anlage angezeigt wurde. Beinahe hätte er sogar das Aufleuchten der Bildschirme übersehen. Klar hoben sich blaue Schriftzeichen von einem sanft gelben Hintergrund ab. Wo nahm der andere nur ein so albernes Spiel her? Automatisch blickte Fokus jedoch auf die Schirme, um die Schriftzeichen zu entziffern. Möglicherweise war die brennende Neugier dafür verantwortlich, die mittlerweile schon fast sein ganzes Handeln bestimmte. Jedenfalls wuchs sein Interesse ebenso schnell wieder an, wie es vorher um Haaresbreite zu zerrinnen drohte, als er die Worte las: "Ich weiß es! Ich weiß es! Ich kann es vom Fenster her sehen."

Solche Worte waren wie geschaffen, die Spannung aufs neue zu erhöhen. Die Neugier wurde bei Fokus so sehr angestachelt, daß er ziemlich unruhig wurde.

In seiner Aufregung vergaß er ganz, worauf er eigentlich neugierig war. Er fühlte sich einfach getrieben, nun endlich mehr zu erfahren. Seine Wißbegierde wurde derart grundsätzlich, daß es ihm wichtig erschien, in die Anlage zu fragen: "Wer bist du?"

Wenn der andere es tatsächlich wußte, wie er vorgab, und es dazu noch selber sehen konnte aus einem geheimnisvollen Fenster, dann mußte Fokus ihn ohne Aufschub kennenlernen. Ihm war dabei, als könnte diese bedeutsame Begegnung durch irgendeine unerwünschte Störung unterbrochen werden. Das spornte ihn zu einer besonderen Eile an, als er die Skala auf Sichtschirmkontakt umstellte, damit seine Frage den anderen genauso präzise erreichte wie er selbst die Worte von ihm empfangen konnte.

"Ich bin Fokus", war bald darauf auf dem Schirm zu lesen. Ungläubig setzte Fokus immer wieder aufs neue an, die Worte zu entziffern, als könnte er sie auf diese Weise verändern. Doch der Text blieb. Um nicht in Panik zu geraten, fütterte er die Anlage gleich mit der ersten Frage, die sich in seinem Kopf bildete: "Wie kannst du Fokus sein?"

"Du kannst mich doch mal anschauen, dann siehst du, daß ich es bin", war kurz darauf zu lesen. Dieser Mensch hatte wirklich einen Hang zu übertreiben. Obgleich er es verstand, der Neugier bei Fokus ständig neuen Brennstoff zu liefern, schlich sich dennoch Langeweile in die Unterhaltung ein. Das Nachdenken nahm Fokus so sehr in Anspruch, daß ihm mit zunehmender Müdigkeit das Rätsel immer undurchsichtiger erschien. Unabhängig davon hatte ihn ein quälender Wissensdurst gepackt. Ohne Rücksicht auf seinen schlaffen Körper fraß er sich wie wirklicher Durst in seine Gefühle. Diesem Drängen war er ausgeliefert, und es stand für ihn fest, daß er, um wieder ruhig zu werden, auf irgendeine Weise eine Lösung für die spannungsgeladene Situation finden mußte. Darum dachte er lange über eine geeignete Frage nach, eine Frage, welche die richtige Antwort erzwang.

Wenn Fokus sich auch nicht vorstellen konnte, wie eine richtige Antwort wohl aussehen müßte, so glaubte er doch, einen sehr schlauen Plan zu haben. Die Worte wählte er sorgfältig, als er übermittelte: "Zeig mir, wer das Männlein ist, dann will ich auch glauben, daß du Fokus bist."

Wieder verstrich eine unbequeme Weile des Wartens. Fokus überbrückte die Spannung fast ohne sich aufzuregen, indem er Vermutungen darüber anstellte, ob sich der andere wohl noch einmal aus der Zwickmühle herauslotsen konnte. Er spielte auch mit dem schadenfrohen Gedanken, daß er dem anderen jetzt seinerseits ein Rätsel aufgegeben hätte. Die überraschende Antwort des anderen zerstörte jedoch schnell seine Spekulationen ebenso wie seine versponnene Selbstaufwertung: "Wenn du wissen willst, wer das Männlein ist, dann mußt du zu mir kommen."

Das erboste Fokus bis ins Letzte. Deshalb fiel ihm auch gleich die passende Antwort ein: "Komm doch selbst und zeig es mir."

"Bitte komm du, ich habe doch das Fenster." Wie mit böser Absicht vorbereitet, strahlten diese Worte kurz darauf aus den Bildschirmen. Das reizte die Stimmung bei Fokus bis ins Unerträgliche auf. Eine solche Gemeinheit würde sich niemand bieten lassen. So ein Lügner war der andere, wollte er sich doch nur darum drücken, ihm das Männlein zu zeigen. In seiner Wut unterbrach Fokus den Kontakt. Was sollte er sonst tun? Mit dieser Überlegung fühlte er sich unsagbar allein. Sein Innerstes war aufgewühlt, und die einzige Möglichkeit, eine Antwort zu finden oder sich wenigstens nicht so allein zu fühlen, hatte er zunichte gemacht. Es dauerte nicht lange, und die Unruhe, die sich mehr und mehr mit immer wiederkehrenden Gedanken vermischte, begann, seinen Körper zu schütteln. Die Angst und die Schmerzen waren schlimm. Bevor er es zu begreifen vermochte, fand er sich plötzlich in einer anderen Lage wieder. Fassungslos stand er neben seiner Halterung.

Als wäre er von fremden Kräften gesteuert, bewegte er sich sogleich auf den Ausgang des Kapselraumes zu. Erst nachdem er die Verschlußklappe erreicht hatte, stürzte die Erkenntnis dessen, was er hier tat, mit ganzer Wucht über ihn herein. Die aufsteigende Ohnmacht konnte er nur überwinden, weil er sich fest an den Griff der Verschlußklappe klammerte.

Der Zusammenprall mit den Konsequenzen jahrelanger Bewegungsarmut, den er erlebte, wurde durch seine Angst, er müsse jetzt sterben, bis an die Grenze der Erträglichkeit gesteigert. Alle Gedanken konzentrierten sich voller Reue auf die Frage, wie er sich von der Neugier so gefangennehmen lassen konnte, daß er nun diese furchtbaren Folgen an seinem Körper zu spüren bekam. Doch irgendwo fühlte Fokus dennoch, was ihn zu solchen übermenschlichen Leistungen trieb. Darum widerstand er auch dem zwingenden Wunsch, schnell und vorsichtig wieder seine Halterung aufzusuchen. Selbst die körperliche Schwäche, die ihn wie einen Sack gegen die Wand drückte, konnte ihn nicht gänzlich überrennen. Um keinen Preis wollte er ihr nachgeben. Kurze Augenblicke nur empfand er den Triumph, der ihn mit Siegermiene auf die geschlagene Hilflosigkeit blicken ließ, dann sah er sich wieder mit weichen Knien der Wirklichkeit ungelöster Fragen und Schwierigkeiten gegenüber.

Die Wunde war durch einen schnellen Rückzug in die Halterung nicht mehr zu heilen, doch behagte ihm auch nicht die Vorstellung, nun den nächsten Schritt zur endgültigen Aufklärung der Verwirrung zu tun. So stand er an dem Ausgang, zitternd, nackt und dennoch entschlossen.

Die Klappe ließ sich unerwartet leicht öffnen, und Fokus stolperte um sich greifend ins Freie. Ein kurzes Stück schleppte er sich mit geschlossenen Augen voran, dann ließ er sich einfach auf den weichen, saftigen Boden fallen. Nach einigen tiefen Atemzügen setzte er sich auf, öffnete die Augen und sah den Himmel. Er senkte den Kopf und blickte in die Runde. Dann erkannte er im Zwielicht Bäume und Sträucher, die sich über eine große Ebene in weiten Abständen bis an den Horizont erstreckten. Fokus stützte sich mit der einen Hand im weichen Gras ab, während die andere seinen Kopf an den Haaren festhielt. Wie Hammerschläge trafen diese Eindrücke auf seinen strapazierten Körper. Die ersten Sterne tauchten bereits am Himmelsrund auf. Gleich zu Anfang hatte er gefühlt, daß er im Freien war, obwohl er die freie Natur nur aus Filmen kannte. Seine Augen mußten ihm aber erst versichern, was er kaum glauben konnte. Keine zwanzig Schritte von seinem Platz entfernt erblickte er ein großes, graues Ei. Es war nicht das einzige, denn weiter entfernt verteilten sich noch viele andere gleichgeformte Eier über die Ebene, als hätte der Himmel sie irgendwann einmal heruntergeregnet.

Fokus fror und stand auf. Überwältigend und doch Ruhe einflößend wirkte die Landschaft auf ihn. Längst vergessene Erinnerungen kehrten in sein Gedächtnis zurück, und neue Kräfte wurden in ihm wach. Langsam, noch schwankend, ging er auf das große Ei zu. Fokus brauchte sich nicht mehr umzudrehen, um zu wissen, daß auch seine Kapsel ein großes, graues Ei war.

Der prächtige Strauch mit den vielen roten Beeren, der in der Dämmerung vor dem Eingang leuchtete, zog ihn an. Während er sich Schritt für Schritt der Kapsel näherte, begann er, das Kinderlied zu singen. Das Echo brachte seinen Gesang über die leere Ebene wieder zurück. Er mußte lachen. Nur wenige Schritte war er noch mit dem schönsten Einfall, den er je gehabt hatte, vom Eingang der anderen Kapsel, entfernt. Er brauchte nur den Verschluß zu öffnen und es laut hineinzurufen.

5. Warum ist Bodhidharma nach China gekommen?

Ming ist längst tot. Den Übergang hat er gar nicht gemerkt. Er wundert sich, weil der Abt plötzlich zu den Mönchen spricht: "Unser Meister und Bruder Ming ist in das Nirvana eingegangen."

Es sieht aus, als ob die Mönche, die sich in seiner Zelle versammelt haben, alle gleichzeitig eine Verbeugung machen. Hier erst entdeckt Ming die erste Besonderheit. Er hat einen nie gekannten Klarblick. Gleichzeitig mit der gewöhnlichen Beobachtung kann er auch alle unsichtbaren Dinge seiner Umgebung erkennen. So sieht er nicht nur die gebeugten Köpfe seiner Klosterbrüder, sondern erkennt ihre wahre Einstellung. Er denkt sich, daß dies die Seelen seiner Mitbrüder sein müssen. Ihm fällt auf, daß seine beiden Freunde Pei und Nan als einzige fassungslos auf seinen Körper herunterstarren. Während sie beide in Seele und Körper übereinstimmen, zwingen die anderen ihrem Gemüt das Joch des Rituals auf.

Der Abt beginnt, monoton die Sutren zu rezitieren. Das ist für diese Gelegenheit so festgelegt. Aus der Versammlung der

Mönche ertönen rhythmisch die rituellen Antworten. Ming kann sehen, wie die Beteiligten nach und nach in große Übereinstimmung kommen. Ihre Seelen werden freier bei dem feierlichen Akt. Da, plötzlich, wird Ming von einem grenzenlosen Schrecken erfaßt. Ihm kommt zu Bewußtsein, daß er tot ist.

Einige Augenblicke dauert der furchtbare Kampf. Dann ist es, als öffne er die Augen wieder. Er sieht sich selbst oder seinen Körper auf dem Schlafbrett in seiner Zelle liegen. Gleichzeitig befindet er sich mitten unter den Mönchen, die dichtgedrängt vor seinem Lager stehen. Obwohl er sieht, wie alle ihre Münder bewegen und die Köpfe wiegen, hört er nichts mehr.

Hatte er nicht noch vor kurzer Zeit die roten Strahlen der untergehenden Sonne durch sein kleines, westwärts gelegenes Zellenfenster gesehen? Die Dunkelheit der Nacht, die schwer vor dem Fenster liegt, beginnt ihn gefangenzunehmen. Er fühlt sich durch den kleinen Schlund seines Zellenfensters immer mehr angezogen. Dabei überkommt ihn eine Angst, die stärker ist als zuvor. Ihm gelingt es aber, die Angst als den verzweifelten Wunsch zu erkennen, nicht zerrissen und in einen namenlosen Schwindel gezerrt zu werden. Dann, als wär' das alles nur ein Rausch, bekommt er wieder Halt. Es scheint ihm, als ob er wieder auf festem Boden steht. Noch kann er nicht unterscheiden, welche Beschaffenheit dieser wohltuende Halt hat. Immer weiter drängt es ihn zum Erkennen. Er hört eine Stimme. Sie tut gut und lockt. Er glaubt, Worte zu verstehen. Sie werden von der Stimme ständig wiederholt. Die Stimme ruft: "Erinnerst du dich, erinnerst du dich ... du warst nie wirklich in Gefahr ... nie wirklich in Gefahr. Du bist unsterblich ... unsterblich. Sammle deine Kräfte und verweile. Bleibe in friedvollen Absichten zum Nutzen aller Lebewesen ... friedvollen Absichten zum Nutzen aller Lebewesen."

Die letzten Worte werden ununterbrochen wiederholt. Sie bekommen Form und Farbe. Sie wachsen aus und verschieben sich im Raum. Mit einem Ruck, als würde der ganze Raum durchgeschüttelt, kommt überraschend alles, was er sieht, zum Stillstand, und Ming erblickt die Dinge klar vor sich. Auch die Stimme ist deutlicher als vorher. Sein Körper liegt auf der Pritsche, und die untergehende Sonne wirft ihren Schein genau auf das Gesicht. Am Fußende sind zahlreiche Kerzen aufgestellt. Neben dem Totenlager hockt ein Mönch, der sein Gesicht dicht an die Ohren der sterblichen Hülle hält und eindringliche Worte flüstert. Jetzt weiß Ming, wer der Urheber der beruhigenden Worte ist, die ihn so aufmerksam und sicher werden lassen. Tatsächlich ziehen ihn die Worte immer näher an seinen toten Körper heran. Es kostet ihn zunehmend weniger Mühe, den Sinn von dem, was die Stimme beschwörend rezitiert, zu begreifen. Mittlerweile kann er direkt in das Antlitz des Mönches sehen, und er weiß, daß er Nan vor sich hat.

Als hätte Nan es bemerkt, unterbricht er seine friedvolle Rezitation und blickt ihm gerade ins Gesicht. Dann beginnt er aufs neue mit der gleichen, sanften Stimmlage zu sprechen: "Von Angesicht zu Angesicht werde ich dich nun setzen. Von Angesicht zu Angesicht ..." Oh, wenn dieser Bruder nur wüßte, was er anrichtet, er würde sofort aufhören damit. Das Entsetzen übersteigt alles, was Ming bisher erlebt hat. Er droht zu zerspringen. Irgendwie möchte er sich dem Freund bemerkbar machen, um ihm anzuzeigen, welche Schrecken diese unvermutete Zauberformel für einen, der gerade gestorben ist, verbirgt. "... von Angesicht zu Angesicht!"

In Panik müht Ming sich, die Ohren zu schließen. Doch sein Körper liegt da und kann sich nicht rühren. Das Grausige wird unvermeidbar. Er muß es ertragen. Für einen Augenblick glaubt er wieder seinen alten Körper zu spüren. Er will sich aufbäumen.

*

Und dann beginnt die Fahrt. Alles scheint nur noch Geschwindigkeit zu sein, die unablässig zunimmt. Am liebsten möchte Ming sich aufgeben, da taucht er wieder auf. Angenehm hell und still wird ihm. Er ist immer noch da. Das Licht leuchtet in der Farbe einer warmen Holzkohlenglut. Er glaubt, sich auf einem Berg zu befinden, denn bevor er sich ringsum richtig umschauen kann, sieht er schon von unten einen fernen Reiter gemächlich auf sich zukommen. Ming findet nicht einmal die Zeit, seine Gedanken zu ordnen, weil der Reiter, obgleich er sich langsam bewegt, schnell näher kommt. Die Konturen von Mensch und Tier werden ganz deutlich, dennoch weisen sie dasselbe warme Glühen auf, wie es die ganze Landschaft durchzieht. Auf dem Tier, es ist ein müder Ochse, sitzt ein alter Mann. Eingehüllt in einen groben Lumpen und geschmückt von einem verfilzten Haarkranz und einem langen, dünnen Kinnbart, der bis auf den Rücken des Ochsen fällt, sitzt der alte Mann doch aufrecht und kraftvoll. Er wiegt sich leicht in dem Rhythmus der plumpen Gangart seines Ochsen.

Unwillkürlich fällt Ming die Legende von dem alten Lao Tan ein, der sein Heimatland auf einem Ochsenrücken verließ und einem Zöllner die Weisheit des Tao Te King vermachte. Er galt als der Spender des Tao, als der große, gelbe Alte.

Ming gerät fast außer sich vor Freude. Ist das nicht ein untrügliches Zeichen dafür, daß er, Ming, endlich die Tore der Geburt und des Todes hinter sich gelassen hat? Sollte alles Leiden ein Ende haben? Der weise Alte aber reitet vorbei, ohne sich einmal umzuwenden. Ming zögert nicht lange und läuft ihm nach. Nach einigen Schritten schon löst sich der Reiter samt Tier in der sanften Rotglut der Umgebung auf und ist nicht mehr zu sehen.

Ming erinnert sich: von Angesicht zu Angesicht setzen! Oh, welch ein Geschenk, den harten Tatsachen viel näher zu sein, als die Wahrheit in den tausendfältigen Masken irdischer Existenz zu umschmeicheln. Lächerlich, als würde sich die Wahrheit mit Geist und Witz zügeln lassen!

Ming hockt sich nieder in den Lotossitz, beruhigt seine Verwirrungen und lenkt seine Aufmerksamkeit auf die Tatsachen. Er hat dabei die Vision vom Meer, in dem das Wasser gesetzmäßig zuerst den tiefsten Punkt erreicht. Tiefer und tiefer versinkt er in Meditation mit offenem Gesicht. Das rote Glühen und die Umgebung bleiben gleich, dennoch ist es Ming, als würde er stiller und stiller. Da steht der Ochse mit dem Reiter wieder vor ihm, als wäre ein Licht entflammt. Unerschrocken und in geübter Ausgeglichenheit spricht Ming den Alten an: "Bist du Lao Tan, den man auch Lao Tze nennt?" - "Nein", sagt der Alte, "ich bin ein alter Mann, der auf einem Ochsen reitet." - "Oh!" kann Ming darauf nur erwidern. - "Du bist sicher ein Sucher des Weges", fragt nun der Alte zurück. Nachdenklich hebt Ming seine Schultern und sagt: "Nach meinem Wissen um die Lehre glaubte ich bisher, den Weg schon gemeistert zu haben - jetzt bin ich unsicher."

Er will dabei aufstehen, um dem Alten seinen Gruß zu entbieten. Dieser zeigt ihm durch eine schroffe Handbewegung jedoch an, daß er auf seinem Platz sitzen bleiben solle. "Ich sehe", beginnt der Alte wieder, "daß du in deinem Dasein als Mensch den Ruf eines Meisters hattest. Die Weisheit, die du in jener Zeit gesammelt hast, wird dir bei dem, was ich dir zeigen werde, helfen."

Ming sitzt ruhig und mit gekreuzten Beinen da. Bei den letzten Worten des Alten hat sich die Landschaft sehr verändert. Das dunkelrote Glühen wird von einem milchigen Glanz abgelöst, der zunehmend durchsichtig und klarer wird. Ein helles Schimmern durchdringt und umspielt ihn. Still und abgeschlossen ist die Freude, die sich in seinem Herzen ausbreitet. Alles ist in leichter, schwebender Bewegung. Da sieht Ming die Umrisse einer menschlichen Gestalt. Obwohl die Gestalt durchsichtig ist, kann er sie genau erkennen. Gleich ihm hockt dieser Mensch im Lotossitz. Wenn hier die Beschreibung überhaupt noch richtig ist, kann man sagen, er trägt ein nahezu unsichtbares Gewand und ist am Kopf kahlgeschoren. In einem feinen Rhythmus wiegt er sich hin und her; dabei schwebt er leicht wie eine Daunenfeder in den zarten Strömungen. Die zarten Strömungen aber gehen unverkennbar von ihm selbst aus. Sie sind es auch, entdeckt Ming mit Erstaunen, die ihn langsam in den sanften Rausch einer inneren und äußeren Gelöstheit versetzen. Ming fühlt sich in der allumfassenden Spende dieses fließenden Glücks erfrischt und möchte bleiben.

Wie ein Traumbild schwindet das Erleben. Er sieht sich wieder dem Alten mit dem Ochsen gegenüber und alles glüht im vertrauten Rot. Ein wenig erschrickt Ming, entdeckt dann aber, daß er gar nicht wirklich in diesem Zustand ewigen Fließens und klarer Erfrischung aufgehen wollte. Eine unbestimmte Furcht hatte ihn zurückgehalten. Er sieht zu dem Alten fragend hinauf. Der sagt leichthin: "Das eben war ein Bodhisattva in seinem Reich. Man nennt dieses Reich das Land der milden Klarheit."

Entzücken durchrieselt Ming, weil er bei den Worten an das Erlebnis zurückdenken muß. Erkenntnistrunken meint er: "Um wieviel mächtiger muß die Glückseligkeit und der Friede im Nirvana des Gautama Buddha sein! Es dürfte doch nur eine Frage des guten Willens sein, zum Erhabenen und seinem Reich zu gelangen." Ming schaut den Alten offen an. Der schüttelt langsam seinen Kopf.

Ohne Übergang findet Ming sich im Zentrum eines großen Kreises wieder. Alles ist leicht und schwebt. Der Kreis selbst wird durchzogen und verbunden von lebenden Bändern. Sie sind flauschig und warm. Ming muß an die Speichen eines Rades denken, wenn er die weichen Fäden von ihrem Mittelpunkt nach außen und wieder zurück nach innen verfolgt. Zwischen den Bändern wallen und formen sich rauchähnliche Schleier. Sie bilden mit quirliger Lebendigkeit die herrlichsten Formen und geheimnisvolle Zeichen. Alles ist in Bewegung. Die Zeichen, die sich unablässig neu formen, weisen Ming in immer tiefere Geheimnisse ein. Und weil er ihre Bedeutung verstehen kann, macht es ihn vor Freude zittern. Mitten im Kreis sitzt er nun und füllt sich und alles ringsum mit spannungserregtem Beben.

Wäre er ein klein wenig unaufmerksamer gewesen, hätte er den anderen Menschen nicht bemerkt, der wie er im Mittelpunkt des Gewebes sitzt. Dieser zittert und bebt aber so sehr, daß es ihm die Schleier und Feuchtigkeit aus allen sichtbaren Öffnungen treibt. Weil dieser Anblick so zwingend ist, wird Ming zurückhaltender. Jetzt fallen ihm der Rausch und die Triebe auf, die den anderen beherrschen. Ihm wird der Sinn der kraftvollen und ekstatischen Schwingungen dieses Menschen verständlich. Um alles in der Welt muß dieser Mensch dafür sorgen, in der Mitte des flauschigen, alles umschlingenden Kreisgebildes zu verweilen.

Ming ist nicht mehr verwundert darüber, nun wieder neben dem Alten auf dem Berge im rotglühenden Schimmer zu sitzen. Gleich wirft er die Frage auf: "Wo aber ist nun der Erhabene und das Nirvana?" Der Alte antwortet: "Den Erhabenen hast du eben getroffen. Wenn du allerdings den Gautama meinst, von dem man sagt, er war ein Fürstensohn und hätte in der Hauslosigkeit die Erleuchtung und den Frieden gefunden, so kann ich dir versichern, es hat ihn nie gegeben. Wohl aber gibt es den Erhabenen, der den Weg der Mitte - also der acht Tugenden - herausgefunden und gelehrt hat. Eben den hast du gerade gesehen."

Enttäuscht über diese endgültige Wendung fügt Ming noch die Frage hinzu, welches Schicksal die Heiligen, die Yogis und die Asketen wohl ereilt haben möge. Sein trauriges Auge wird auf eine braune, düstere Ebene gelenkt. Da sitzen sie mit gekreuzten Beinen, da stehen sie auf dem

Kopf oder auf einem Bein, da liegen sie gekrümmt oder ausgestreckt in einem angenehmen, moosgrünen Licht auf erdbraunen Polstern, die Heiligen und die Asketen. Manchmal platzt einem der Bauch oder der Kopf. Da kommen dann viele kleine Asketen herausgeschwebt, die sich um den geplatzten niederlassen. Ming kann richtig sehen, wie sie wachsen.

*

In dem dunkelroten Licht auf dem Berge glaubt Ming zu erkennen, wie der Alte ihn geduldig anblickt. Ming ist traurig und im Zweifel. Wie soll er die Wahrheit herausfinden! Noch einmal ziehen alle Erfahrungen an ihm vorbei, die er lange Jahre als Lehrer und Meister in seinem Kloster gesammelt hatte.

Wie oft kamen seine Schüler mit den Fragen zu ihm, die ihre Herzen bewegten. Er hatte sie immer gut verstanden, ihre Fragen und ihre Verzweiflung. Jahrelang haben viele geforscht und gekämpft. Dabei kam ihnen mehr und mehr zu Bewußtsein, daß alle heiligen Schriften und Regeln wie auch das Wirken ihrer buddhistischen Idole überhaupt nicht in Einklang mit ihren eigenen Erfahrungen zu bringen waren. Im Gegenteil, alle Mühen erwiesen sich als Illusionen und Lügen. Irgendwann kam dann der Moment, daß diese armen Menschen fast überzeugt waren, die ganze Mühe ebensogut sein lassen zu können. An diesen Tiefpunkten ihrer Gefühle und Gedanken angelangt, kamen die Schüler zu ihm, um mit der entscheidenden Frage Gewißheit zu erlangen; und was hatten sie alles gefragt.

Wer ist der Buddha? Das bedeutete für sie soviel wie die Frage: Gibt es den Buddha überhaupt? Oder häufig tauchte die alle bewegende Frage auf: Weshalb kam Bodhidharma nach China? Das war immer die Frage, warum der große Missionar des Buddhismus, wenn er selbst wußte, daß der Buddhismus und seine Lehre völlig gegenstandslos und unwichtig waren, so sehr zur Verbreitung dieser Lehre beigetragen hat. Ming denkt daran, wie er diese letzte Unsicherheit seiner Schüler auch noch immer zu vertiefen und zu bestätigen versuchte, indem er sie schroff anbrüllte oder auf irgendeine Nebensache verwies, ohne sich auch nur einen Deut um die Frage zu kümmern. Vielen hat es die Augen geöffnet, und sie haben getanzt oder vor Freude auf ihn eingeschlagen. Sicher haben viele von ihnen jetzt selbst Schüler um sich versammelt, die sie streng in das Geheimnis der Erleuchtung einführen. Bei seinen Überlegungen begreift Ming, daß es wieder einmal soweit ist, und die Gelegenheit keinen Aufschub duldet. Er ist nicht ängstlich - nur ein wenig aufgeregt, weiß er doch genau, worauf es ankommt. Also fragt er den alten Weisen auf dem Ochsen: "Weshalb kam Bodhidharma nach China?" Ming wird vom Lachen geschüttelt, zerrissen, und er erkennt die ganze Wahrheit.

*

Wieder zerrt eine Herbstbö viele herrliche, rote Blätter von den Zweigen des großen, alten Ahornbaumes. Die Sonne scheint durch den Wipfel des mächtigen Baumes, und die verbliebenen Blätter glühen rot wie Laternen auf einem Gartenfest. Ein Käfer kriecht aus dem Blättergewirr am Boden. Auf seinem Rückenpanzer hat sich eine Blattlaus festgesetzt. Unbeirrt krabbelt das Tier über die Erdfurchen des Klostergartens. Der kristallklare Bergbach, der hier vorüberfließt, ruft den Wolken glucksend seine Grüße zu. Dicht am Boden, zwischen dem Wurzelwerk, klammert sich ein taubesetztes Spinnennetz.

Rundum schießen die Pilze aus dem Boden, und es sind schon wieder kleine Pilze hinzugekommen. Es ist Nachmittag, und der Klostergarten lebt sein stilles Leben.

6. Die Nacht

Es war eine Zeit der kalten Herzen. Die meisten Menschen besaßen zu wenig, um es mit anderen zu teilen oder etwas davon abzugeben. Eher mißtrauisch und verteidigungsbereit war auch niemand mehr recht fähig zu Entgegenkommen und Gastfreundschaft. Selbst die großen Herbergen in den Handelszentren entlang der Reiserouten aus aller Welt waren mindestens maßlos überteuert und kamen nicht selten Hauptquartieren organisierter Wegelagerer gleich, so daß reisenden Händlern wie mir und meinen beiden Mitstreitern Bashir und Obinna gut geraten war, die Hauptwege und Zentren immer wieder zu umgehen, wenn wir mit unserer Ware ans Ziel kommen und mit unserem Gewinn heil wieder zurückkehren wollten.

Wie befremdlich, beängstigend waren doch die kargen und öden Regionen Palästinas zum Beispiel, die wir auf unseren Missionen zu durchqueren hatten, im Gegensatz zu den zivilen Gegenden unseres Heimatlandes. Und nur kultivierte Menschen wie wir können ermessen, welche Entbehrungen und Gefahren mit Geschäften wie unseren Hand in Hand gingen. So war man schon glücklich, auf den Abwegen durch die Ödlande und Wüsten auf einen wilden Dattelhain oder eine Felsformation zu stoßen, die wenigstens ein wenig Schatten und Schutz für die Errichtung eines Lagers und das Entfachen eines wärmenden Feuers und eine wenn auch unvollständige Deckung vor dem ewig gleichströmenden Wüstenwind bot, der seine unangenehmsten Eigenschaften erst bei Einbruch der Dunkelheit bei zunehmender Kälte entfaltete.

Es war Obinna, einer meiner beiden Freunde und Partner, der wie oft im dämmrigen Licht des Abendscheins eine geeignete Stelle in der Ödlandschaft unendlicher Sanddünen und karger Vegetation ausmachte. Obinna, ein freigekaufter Sklave und Händler, ein Philosoph und Freigeist wie auch ich und Bashir, hatte uns beiden die Geschicklichkeit voraus, sich auch in fremdesten Gegenden zurechtzufinden und zielstrebig das jeweils Erforderliche zu tun oder zu vermeiden.

Erst als wir unseren zum Nachtlager erwählten Platz erreicht hatten, konnten wir erkennen, daß es sich um die Ruine eines verlassenen Hauses handelte, das allem Anschein nach vollends niedergebrannt war. Das kleine Nebengebäude, ein ehemaliger Stall offenbar, schien nicht minder zerstört zu sein, die Überdachung fehlte zum großen Teil und die lehmverschmierten Wände gaben dem Wind mehr Wege frei, als sie versperrten.

In der unmittelbaren Umgebung raschelten und rauschten die Überreste einer vertrockneten Vegetation im immer wachen Wüstenwind. Vielleicht war dieses Haus einmal eine Herberge, sicher kein Gehöft, und hatte den neueren Handelswegen indessen seinen Tribut gezollt. In der fast zur Dunkelheit gediehenen Dämmerung hatten wir alle den Eindruck, daß dieser Ort ein wenig in einer Senke lag, geradezu ideal dafür, um Schutz für eine Nacht zu suchen.

Schnell hatten wir entschieden, uns in die Überreste des Stalles zurückzuziehen, nicht ohne noch zuvor genug Brennholz aufzulesen, um unser Lagerfeuer dann vor einer ausreichend gut erhaltenen Stallnische zu entzünden und uns daran niederzulassen.

Das Dromedar und die beiden Esel unserer Kleinstkarawane befestigten wir notdürftig mit langen Stricken an ehemals tragenden Balken ohne Last und überließen sie ihren Träumen. Die Waren und unsere Vorräte stapelten wir hinter uns an die Wand und hatten das Feuer gerade noch zum Lodern gebracht, bevor die Nacht ganz hereinbrach. Nicht nur wegen des kristallklaren Sternenhimmels empfanden wir diese Nacht als besonders kalt. Frosteinbrüche waren in dieser Region und zu dieser Zeit so ungewöhnlich nicht.

Noch nicht in unsere Decken zum Schlafen eingerollt und doch am Ende unserer kleinen Notmahlzeit aus Datteln und gedörrtem Fleisch, das wir mit abgestandenem Wasser aus unseren eigenen Vorräten herunterspülten, wurden wir durch die Unruhe unserer Tiere aufgeschreckt.

Drei oder vier erbärmlich gekleidete Gestalten traten in den Schein des Feuers, und Obinna fragte sie sofort mit respekteinflößendem Grollen in der Stimme, was denn ihr Begehr sei. Einen Augenblick standen sie einfach nur da, schweigend. Es war ihnen anzusehen, daß sie weder Unterkunft noch Herberge, weder Haus noch Zelt hatten, um vor der Kälte und dem zehrenden Wind zu fliehen. Zelt- und hauslose Menschen allerdings waren in dieser Zeit keine Seltenheit und sie hielten sich vorzugsweise außerhalb der Dörfer an entlegenen Orten auf, denn das Mißtrauen und die Grausamkeit der Besitzenden waren oft schlimmer als der Tod und die Arme des Hungers oder der Kälte.

"Vielleicht", sprach Bashir, um keinen Zwist aufkommen zu lassen und weil es die Art der Händler war, Kompromisse zu finden, "vielleicht könnt ihr euch mit an unserem Feuer erwärmen. Vorräte und Wasser können wir nicht teilen, wir müßten dann unsere Reise abbrechen. Im Namen der gnädigen Natur also, setzt euch doch nieder auf der gegenüberliegenden Seite."

Die Menschen rührten sich nicht und ihr Schweigen ließ eine neue Spannung aufkommen. Ich hatte bereits die Hand am Griff meines Dolches, als uns einer der Schweigenden seinen Rücken zukehrte und in die Dunkelheit hineinsprach. Dann traten die Leute etwas auseinander und wie durch ein Tor trat eine junge Frau, fast selbst noch ein Kind, mit einem Säugling auf dem Arm in das Licht. Obinna atmete tief durch, und ich entspannte mich.

Es gab keine Frage mehr, wir winkten die junge Mutter zusammen mit ihren

Freunden oder Verwandten zu uns heran und luden sie nunmehr ein, um das Feuer herum Platz zu nehmen. Die Frau zögerte nicht und setzte sich zu uns. Einer der Freunde hob seine Stimme und sprach: "Habt Dank, edle Herren, aber es genügt, wenn Sie das Kind und seine Mutter für die Nacht in Ihre Obhut nehmen. Sie wurde aus ihrem Dorf verstoßen und ist völlig schutzlos der Wildnis und der Kälte ausgeliefert. Wir dagegen leben schon immer mit unseren Ziegen und Hunden in dieser Gegend und wissen gut damit umzugehen. Eine Mutter mit ihrem gerade geborenen Kind allerdings können wir nicht eine Nacht wärmen und schützen. Unser Wunsch war es nur, euch darum zu bitten."

Sie drückte ihr Baby fest an sich, nachdem sie sich auf ihrem Platz zwischen uns ein wenig eingefunden hatte. Aber auch hier fror das kleine Kind und wimmerte leise. Ob sie denn kein Bettchen oder eine Wiege hätte, in der das Baby warm verpackt seine Ruhe und seinen Schlaf finden könne, wollte Bashir wissen.

Die junge Frau verneinte stumm, und als hätten die abziehenden hauslosen Gesellen mit ihren Tieren dieses leise Zwiegespräch noch vernommen, kehrte einer von ihnen noch einmal zurück und meinte, es müsse in dieser Stallruine noch einen kleinen Futterkasten geben, mit dessen Hilfe draußen wie drinnen, als die Herberge noch in Betrieb war, die Reit- und Zugtiere gefüttert wurden. Er nahm eine Fackel und verschwand.

Wenig später kehrte er mit einer kleinen Holzkiste zurück, die sicher auch einmal für Fütterungszwecke geeignet gewesen sein mochte. Er schlug die leere Kiste heftig mit dem Innenrand auf den Boden, als wolle er sie entstauben. Er hätte noch, meinte er, etwas Heu und Reisig bei seinen Ziegen, damit könne die Kiste in ein Bettchen umgewandelt werden, und das eine oder andere warme Tuch ließe sich wohl finden. Wie sollten wir, sonst nur mit aller gebotenen Vorsicht an Handel und Vorteilsstreben gewöhnt, da anders reagieren, als den freundlichen Ziegenhirten und seine Freunde schließlich auch an unser Feuer zu bitten, um sie mit unserer guten Sitte von Gastfreundschaft zu überraschen.

Da lag es nun, das Kind, in seinem neuen Bett und war längst eingeschlafen, als wäre es durch das zufriedene Kauen und Flüstern der Menschen und Tiere, mit denen wir jetzt unsere Vorräte teilten, endlich zur Ruhe gekommen.

Ich muß gestehen, eine so warme und anheimelnde Gesellschaft habe ich danach auch nie wieder erlebt. Der kalte Sternenhimmel über uns hatte seine ferne Bedrohlichkeit vollständig eingebüßt, und die Mühe jedes einzelnen Menschen an dem Feuer zwischen den Wänden eines zerfallenen Stalles, das Wohlbefinden und die Gemütlichkeit durch kleine Zugaben, Aufmerksamkeiten und Handreichungen zu steigern und zu verbessern, war beispiellos. Niemand wollte und konnte in dieser Nacht schlafen aus Furcht, auch nur die kleinste Begebenheit unseres Zusammenseins zu versäumen. Später kamen noch einige Leute aus dem nahen Dorf dazu, und sie beschenkten uns und das Kind überreich mit Speisen, Kleidern und ihrer Gesellschaft.

Von diesem Ort und dieser Nacht, das wußten wir, würde noch lange gesprochen werden.

7. Langeweile

Plötzlich rissen sich fast gleichzeitig viele der Kinder aus der geordneten Wanderkolonne. Alle liefen über die offene Weide auf ein kleines Wäldchen zu. Ihr Gesang brach ab und löste sich in vereinzelte Rufe der davoneilenden Kinder auf. Die Lehrerin blieb lächelnd stehen und sagte zu ihrer Helferin: "Sie haben wieder etwas entdeckt, laß uns mal hingehen", wobei ihr ausgestreckter Arm auf das Wäldchen wies. Und dann sahen sie den Grund ...

In der Nachmittagssonne lag die Baustelle wie ein vergessenes Sandkastenspiel von zum Abendessen gerufenen Kindern da. Die Betriebsamkeit und sogar der Staub hatten sich schon eine halbe Stunde vor Feierabend gelegt. Die Gestalten der Maurer, Maler und Zimmerleute, die in oberflächlicher Einhelligkeit mit Bierflaschen in der Hand beisammenstanden, waren nur bei genauerem Hinsehen im Keller des halb fertiggestellten Siedlungshauses zu entdecken. Doch niemand wollte sie entdecken, auch der Polier nicht, weil er selbst oft zu der Runde der in lautstarke Debatten vertieften Kollegen gehörte, die sich um ein paar Bierflaschen scharten.

Diese letzte halbe Stunde betrieblichen Müßiggangs empfand Christian als die widerlichste Zeitspanne auf dem Bau. Immer wieder mußte er dann in der gespannten Stille dieser halben Stunde über sein Geschick nachgrübeln, das ihn dazu verdammte, als Maler einer kleinen Firma für Außenanstrich zu arbeiten. Eigentlich hatte er einmal viel mit sich vorgehabt. Doch erlaubte die Armut des Elternhauses nicht, daß er sich mit der Kunstmalerei mehr als nur beiläufig beschäftigte. So erlernte er einen Beruf, der Geld brachte und fand an den Wochenenden bestenfalls noch Zeit, sich intensiv seinen Tagträumen zu überlassen, welchen er dann geschickt mit Mahlzeiten und mit langweiligen Spaziergängen Wirklichkeitsnähe verlieh. Wider Erwarten stumpfte er bei dieser unschöpferischen Freizeitgestaltung nicht ab, sondern seine Intuition erreichte nie erhoffte Tiefen. Seine Sensiblität war indessen schon soweit gediehen, daß er in ungesehenen Bildern Stimmungen, häufig sogar Gedankenkomplexe seiner Mitmenschen empfand. Allerdings wurde auch dies unter dem Druck der stumpfsinnigen Arbeit gefährlich gewöhnlich für ihn, zumal er sich nicht darüber mitteilen durfte, denn er war mit seinen 26 Jahren schon sonderlich genug.

Unsanft riß ihn die Stimme seines Arbeitskollegen aus den Gedanken, und er merkte erst jetzt, daß er wieder einmal die Augen geschlossen hatte. "Bist schon wieder mal ganz woanders. Wenn du heute abend dabei sein willst, dann mußt du dich jetzt beeilen." Mit diesen Worten legte der alte Geselle freundschaftlich seine breiten Hände auf die unterentwickelte Schulter Christians und fügte noch hinzu: "Hör mal auf einen alten Kauz, geh zum Arzt. Deine Arbeit ist zwar gut, aber du benimmst dich eigenartig. Alle sagen schon, bei dir tickt was nicht richtig. Ich mein 's wirklich nur gut mit dir, schließlich hab' ich einen Sohn in deinem Alter."

Der Wechsel von seiner Traumwelt in die Wirklichkeit vollzog sich am Freitagabend schon auffällig langsam. Doch ehe Christian es richtig bemerkte, stand er schon. Noch beim Davongehen sagte er monoton: "Also, bis heut' abend", trottete hinter den anderen her und ließ einen besorgten Kollegen zurück.

Immer wenn Christian 'Wilhelms Theke' betrat, nahm ihn die rauchige Gemütlichkeit gleich gefangen. Ursprünglich lehnte er jeden Genuß ab, an dessen Ende sich die überreizten Nerven mit verhaltener Anstrengung ablenken ließen und in stumpfsinnigem Unbeteiligtsein verlorengingen. Doch seit einigen Monaten beteiligte er sich jeden Freitagabend an der Skatrunde seiner Arbeitskollegen, zuerst wohl nur, um nicht aufzufallen, und später mehr aus eitler Selbstgefälligkeit, weil er hier am deutlichsten den falschen Lebenswandel seiner Mitmenschen auf makabre Weise zugespitzt beobachten konnte. Schnell verließ ihn dann auch der Zweifel aufkommender Bequemlichkeit und er freute sich schon während der Kartenspiele auf ein Wochenende in Ruhe und stiller Erwartung. Das war 's, Erwartung! Jedes Mal, wenn er darauf stieß, erwachte eine furchtsame Unruhe in ihm. Diese Unruhe formte sich häufig zu der Frage: Warten nicht eigentlich alle? Warum glaubte er, besonders zu warten?

Nachdem Christian sich an dem reservierten Tisch niedergelassen hatte, dauerte es auch nicht lange, und Wilhelm, der Wirt, tauchte mit einem Teegedeck auf, um es mit einem unverbindlichen 'Alles klar'-Gruß abzusetzen. Dann verschwand er wie immer im nebelähnlichen Tabakdunst. Der Qualm und das unverständliche Gemurmel in 'Wilhelms Theke' hatten etwas von einer eigenartigen Verbindlichkeit, die jeden einzelnen im Lokal zwar auf ein gewöhnliches Maß isolierte, gleichzeitig jedoch das Gefühl anonymer Verbundenheit hervorrief.

"Da sind Sie ja endlich, Herr Braunsdorf, ich habe schon lange auf Sie gewartet." Erschrocken drehte sich Chris um, denn die unbekannte Stimme, die ihn bei seinem Namen nannte, vermutete er hinter sich. Der Schreck vertiefte sich, denn es war niemand zu sehen. "Entschuldigen Sie, aber man findet sich in fremder Umgebung nicht sofort zurecht." Diesmal kam die Stimme direkt vom gegenüberliegenden Platz des Tisches, und ihr Urheber, ein untersetzter, kahlköpfiger Mann, lehnte sich bequem zurück, als säße er schon eine ganze Weile dort.

"Woher kennen Sie mich? Wie kommen Sie hier her? Was ..." Der aufgeregte Redeschwall Christians wurde durch eine energische Handbewegung des Dicken unterbrochen. Ganz ruhig, fast beschwörend, begann der Kahlköpfige zu reden: "Schenken Sie mir einen Augenblick Aufmerksamkeit, ohne mich zu unterbrechen. Es wird sich alles klären, wenn Sie es wollen. Zuerst einmal eine Korrektur. Eigentlich habe ich nicht auf Sie gewartet, sondern Sie warteten auf mich. Oft schon haben Sie mich beinahe erreicht, doch mangelt es Ihnen im richtigen Moment an der Fähigkeit, auf Bilder verzichten zu können. Nun, ich bin die personifizierte Möglichkeit, auf die Sie immer hofften, hinter das Geheimnis Ihres Daseins zu kommen. Sicherlich klingt es im Augenblick alles sehr anmaßend und verrückt für Sie, doch meine ich, daß Sie meine Behauptungen schon verkraften können. Gleich werden Sie noch eine Bestätigung für die Außergewöhnlichkeit meiner Worte bekommen. Vorher bitte ich Sie jedoch, am kommenden Sonntag in der Nacht, noch vor der Morgendämmerung, nach mir zu rufen. Nennen Sie mich Ralph." Bei diesen Worten schon schien der Dicke förmlich zu verdampfen. Der Dampf verlor immer mehr an Struktur und ging endlich in einem eigenwilligen Tanz in den blauen Zigarrendünsten der Wirtsstube unter.

Als Christian sicher war, daß niemand diesen sonderbaren Vorgang wahrgenommen hatte, erhob er sich ruckartig von seinem Platz und verließ - ohne zu zahlen - eilig das Wirtshaus. War 's freudige Erregung, die ihn trieb, oder die Angst, der Traum könnte vorbei sein, noch bevor er seinen Höhepunkt erreichte? Wohl das gleiche Gefühl hinderte ihn daran, auch nur entfernt daran zu denken, daß es sich vielleicht um eine Illusion, einen Tagtraum oder um ein anderes Spiel seines übermüdeten Körpers handeln könnte. Die Nacht schien klarer als sonst, der Heimweg vertrauter und das alles nur als Folge seiner ungeduldigen Erwartung? Alles trug die Maske der Selbstverständlichkeit und dennoch blieb Christian die plötzlich aufkeimende Empfindungskälte unerklärlich, die jeden Standpunkt auf dem Boden des Gefühls mit geradezu lebensfeindlicher Bedrohlichkeit ins Unerreichbare schob.

Nichts veränderte sich an seinem Zustand, nachdem er seine kleine Zweizimmerwohnung betreten hatte, und damit begann er in gewohnter Weise das allabendliche Ritual des Teekochens auszuüben. Er erwachte plötzlich durch Geräusche im Treppenhaus, blickte verdutzt auf die leere Teetasse, dann auf die Uhr, die sechs zeigte, schüttelte kräftig den Kopf, stand schwerfällig auf, um nach einigen Schritten aufs Bett zu fallen.

Eine seltsame Ruhe hatte ihn ergriffen. Seit seinem Erlebnis hatte Chris im schnellen Wechsel euphorische Freude mit dem Zweifel der Erfahrung in sich toben gefühlt. Diese plötzliche Ruhe nun war schwer zu definieren und es schien ihm, als wäre diese unheimliche Stille und Bezugslosigkeit in ihm ein Eheschluß der Erschöpfung beider Gefühle. Das ganze Zimmer schien die schizoide Stimmung mit ihm zu teilen. Der kleine Tisch, eingerahmt von zwei passenden Stühlen und einer anspruchslosen Schlafcouch, wurde zu etwas Fremden, Unbekannten und wirkte abstoßend. Es war, als sähe er den geschmackvollen Wandbehang zum ersten Mal, der sonst immer eine solch beruhigende Wirkung auf ihn hatte. Der Tee wurde kalt und nahm eine moderige dunkelbraune Farbe an. Bei aller Mühe war die Tischdecke nicht gerade auf den Tisch zu ziehen. Wie versteinert saß Chris da, doch empfand er das Warten nicht mehr und genoß die fremde Stille.

"Ralph!" Wie in Trance stand Chris von seinem Stuhl auf, als hätte ihn sein automatischer Ausruf doch ein wenig erschrocken. Unbewußt hatte er sich der Tür genähert, öffnete sie, ging wie unter Zwang die Treppen des Hauses herunter, öffnete die Haustür und ein älterer, aristokratisch wirkender Herr mit auffallend weißem Haar trat ihm entgegen, machte eine gelassene Verbeugung und trat, ohne ein Wort zu sagen, vorbei an ihm ins Treppenhaus.

Als Chris die Wohnungstür hinter sich geschlossen hatte erst begann dieser zu reden: "Guten Morgen, Herr Braunsdorf, ich freue mich, daß unser Rendezvous so reibunglos stattfinden kann." Schwindel erfaßte Chris, er schloß die Augen, hielt sie lange geschlossen und noch während er sie öffnete, verschwand ein schwerer Druck von seinem Geist. Jetzt erst bemerkte er, daß er offenbar die ganze Zeit unter Zwang gestanden hatte. Der ältere Herr hatte indessen Platz genommen, und Chris stellte erstaunt fest, daß sich zwei Teetassen auf dem Tisch befanden, wo vorher nur seine eigene gestanden hatte. Chris überlegte einen Augenblick und dann fielen ihm alle Fragen wieder ein, die er sich für diesen Moment zurechtgelegt hatte. Eine ahnungsvolle Zuversicht machte sein Verhalten sicher. Etwas Erregung schwang noch in seiner Stimme mit, als er begann: "Sie sind Ralph?" - "Ja." - "Ich weiß nicht, wie ich anfangen soll, Sie können sich sicher vorstellen, daß ich viele Fragen habe, aber normalerweise ... nun ja, wissen Sie, was soll ich denn überhaupt glauben?" Diese Worte hatte Chris sehr vorsichtig, fast langsam, ausgesprochen, als fürchtete er, nun die enttäuschende Wahrheit zu erfahren - und er träumte doch so gern.

Anstelle einer Antwort hob sein Gegenüber lässig beide Hände, ließ sie langsam in die Waagerechte kommen und streckte sie jetzt eng nebeneinander gerade von sich. Seine Fingerspitzen wiesen auf den geschmackvollen Wandbehang und augenscheinlich ging eine Veränderung damit vor sich. Der Wandbehang schrumpfte, und ehe die Vernunft zulassen konnte, zu begreifen, was da vor sich ging, war außer einem gelblichen Fleck an der Wand nichts mehr zu sehen. "Ich glaub 's doch nicht", sagte Chris unsicher, jedoch konnte er nicht verhindern, daß ihn freudige Erregung beschlich. Ralph nickte und lächelte. "Würdest du es nicht glauben", sagte er plötzlich in einem väterlichen Ton, "dann wäre ich jetzt nicht hier". Die Vieldeutigkeit und die Tiefsinnigkeit, die in dieser Aussage lag, wurde Chris erst sehr viel später bewußt, denn Wünsche, Fragen und Unsicherheit lösten Gefühle in nie gekannter Intensität aus.

Als hätte der Mann, der sich Ralph nannte, die Essenz der Fragen erraten, die den jungen Malergesellen bestürmten, begann er mit vertraulicher Stimme: "Ich bin weder ein Magier noch ein Flaschengeist. Trotzdem beziehen sich alle Märchen, Legenden und Erzählungen, die sich mit Zauberern, Geistern und ungreifbaren Mächten befassen, auf mich. Die Legende kennt mich als Flaschengeist oder Hexenmeister, als hilfreiche Fee oder bösen Zwerg, doch ist der Irrtum selber der Erfinder dieser Geschichten. Nur selten gelingt es einem Menschen, genau darin der Wahrheit zu begegnen. Ob es die Wahrheit über dich ist oder über mich, das mag der Irrtum bestimmen, aber sicher ist man dann von ewiger Suche befreit. Ich gebe dir nun die Gelegenheit, eine Entscheidung zu treffen. Wenn du begreifen kannst, was Entscheidung ist, dann treffe sie rechtzeitig."

Noch während er sprach, führte Ralph seine Tasse Tee zum Mund, um sie genießerisch mit einer vornehmen Geste zu entleeren. Erst als er die Tasse wieder absetzte, bemerkte Christian die heitere Gelassenheit des anderen. Diese Atmosphäre ließ keinen Zweifel zu. Chris mußte sich eingestehen, daß er kaum etwas von dem verstanden hatte, was Ralph sagte. Alles verwirrte den jungen Malergesellen, denn schon längst hatte er die ungewöhnlichen Ereignisse akzeptiert, die mit diesem Mann zusammenhingen: ein

Mann, der sich verwandeln konnte, ein Wandteppich, der zusammenschrumpfte und nicht zuletzt die rätselhafte Redeweise der Person, die die unheimlichen Vorgänge auslösen konnte. Was meinte Ralf mit 'Irrtum' und 'Entscheidung'? Was geschah überhaupt wirklich? Gewaltsam löste sich Christian aus seinem Gedankensalat und fragte laut: "Was wollen Sie?" Ralph, der indessen aufgestanden war, ging schnell auf die Tür zu, als hätte er die Frage überhört, doch drehte er sich auf der Schwelle nochmal um und begann mit ernster Miene zu sprechen: "Deine Fragen können beantwortet werden, aber nicht mit Worten und Sätzen. Um es noch einmal zu erklären, sich rechtzeitig zu entscheiden heißt, die Neugierde rechtzeitig zu entdecken, um ihr nicht zu folgen. Sie ist immer da und verhindert die Entdeckung des Eigentlichen, sie lenkt das menschliche Bewußtsein von einem Irrtum in den anderen, und er bleibt immer in der Angst und in der Suche stecken. Der Irrtum und die Neugierde rechtfertigen sich gegenseitig. Dabei entsteht der Glaube des Menschen, er hätte Bewußtsein. Die einzige Möglichkeit, aus diesem Suchen herauszukommen, ist die rechtzeitige Entscheidung - also nicht vorher und nicht hinterher. Du hast schon einige

Entscheidungen getroffen, nun sollst du Gelegenheit haben, eine Entscheidung rechtzeitig zu treffen. Ich benachrichtige dich, überlege es dir gut."

Die Tür klappte zu. Chris blickte wie hypnotisiert auf die Türklinke. Er war viel zu müde, um hinterher zu laufen. Der Sessel schien ihn zu umarmen und unmerklich schlief er ein. Draußen wurde es langsam hell.

Der Freitag kam immer wieder schnell und nach der Mittagspause gab es wohl keinen auf dem Bau, der nicht seine Arbeit mit übertriebener Langsamkeit ausführte. Christian und seine Kollegen waren dabei, die letzten Fenster des Neubaus anzustreichen, während die Zimmerleute die letzten Balken am Dachstuhl befestigten. Chris war froh, den auslaufenden Arbeitsrhythmus zu spüren, der alle in freitäglicher Wochenendstimmung ergriffen hatte, denn in dieser Woche war er bei seinen Kollegen mehrfach unangenehm aufgefallen. Nicht selten mußten sie ihn an seine Arbeit erinnern, wenn er selbstvergessen mit ausdruckslosen Augen in die Wolken starrte. Natürlich hatten die Kollegen viel Verständnis für den jungen Mann und häufig mußte er sich in dieser Woche gutgemeinte Ratschläge anhören, die ihn alle mehr oder weniger freundlich auf den Nervenarzt verwiesen. Tatsächlich, Christian war sehr auffällig geworden, aber wie sollte das jemand verstehen, konnte er doch mit niemandem über seine Erlebnisse sprechen. Sollte er wirklich zum Arzt gehen?

Zwei Kollegen hatten sich an den Rand des Gerüstes gesetzt, ließen ihre Beine baumeln und spuckten abwechselnd während ihrer aufgeregten Debatte über das Fußballspiel am kommenden Sonntag auf den zwölf Meter tiefer liegenden Boden. Als Chris sich zu ihnen gesellte und sich auf dieselbe Weise an den Rand setzen wollte, passierte es, er verlor den Halt, und bevor er denken konnte "Ich falle!", fühlte er, wie sich alles bei ihm, von den Füßen bis zum Kopf, zusammenzog. Aus! Das Gefühl, alles sei zusammengezogen, war immer noch da, aber er saß mit baumelnden Beinen neben seinen Kollegen. Er wollte schreien, doch es reichte nur zum Zittern. Sein Mund blieb offen und er sah die erschrockenen Gesichter neben sich. Plötzlich krachte es unten. Alle Köpfe ruckten in die Richtung des Geräusches. Dort waren zwei Lastwagen aufeinandergeprallt. Christian traute seinen Augen nicht - hinter den brennenden Lastwagen verschwand ein dicker, kahlköpfiger Mann.

Von der sofort einsetzenden Rettungsaktion sah Chris nichts mehr. Er war das Gerüst mehr heruntergerutscht als geklettert und beeilte sich, von der Baustelle zu verschwinden. Kaum stand er in seiner Wohnung, schüttelten ihn Weinkrämpfe. Nur ein Gedanke drang jetzt noch zu ihm durch: "Es ist alles nicht wahr, Schluß damit! Das kann doch gar nicht wahr sein." Er kämpfte mit dem Drang, aus dem Fenster zu springen, aber irgendwie brachte er es fertig, Wasser aufzusetzen, um Tee zu kochen. Mit dieser routinierten Tätigkeit gewann er seine ohnehin nicht besonders starke Fassung zurück. Jetzt fiel ihm auch wieder ein, daß er beim Hereinkommen einen Zettel unter der Tür liegen gesehen hatte. Er ging und hob das Stück Papier auf.

Auf den ersten Blick war es nur eine präzise Skizze des westlichen Stadtrandgebietes, in dem er seit einigen Jahren wohnte, doch als Christian die rote Markierungslinie überblickte, die in der Straße seines Wohnsitzes begann, beschlich ihn wieder eine ahnungsvolle Furcht, denn sie verfolgte eine Straße in südwestlicher Richtung aus der Stadt heraus. Diese Straße, die sich aus der Stadtrandskizze herausschob wie der Stiel aus einer Blume, diese Straße existierte nicht in Wirklichkeit. Christian kannte die Gegend. Hier gab es nur Feld- und Waldwege, die das große Naturschutzgebiet erschlossen. Kein Dorf, kein Wirtshaus, nur Buschgruppen, Mischwälder und Wiesen. Beunruhigt registrierte Chris noch die Randnotiz: "20 km - Sonntag nach Mitternacht - Ralph", dann versank er in stumpfer Grübelei. Bei aller Mühe ließ sich kein Ansatz finden, diesen fast perfekt gewordenen Wahn zu durchbrechen. Jeder Denkversuch scheiterte, und mitmenschliche Hilfe in Anspruch zu nehmen, war ausgeschlossen. Jeder kannte Christian als einen Träumer, wer sollte ihn da ernst nehmen? Es gab keinen anderen Weg für ihn, als diesen Wahnsinn bis zu seinem Ende zu verfolgen, um ganz sicher zu sein, ob nicht doch alles Wirklichkeit war. Genau genommen war das auch Christians Hoffnung, denn wer würde sich schon gerne eingestehen, daß alles Erfahrene und Erlebte Trugschluß und Irrtum war? Alle Zweifel waren nur die äußere Schale einer Hoffnung, die am Ende doch souverän alle Ängste und Wirren der leicht beweglichen Gefühle in der Hand hatte.

Längst hatte sich Christian erhoben und für mehrere Personen den Tisch mit Teetassen gedeckt, als es klingelte. Bedächtig öffnete Chris und bat die erstaunten Kameraden seiner Skatrunde zum Tee herein. Selbstverständlich wußte Chris nicht, warum er vorausschauend gehandelt hatte, warum er so gelassen war und warum ihn die Kollegen musterten, als hätte er den Teufel in der Tasche. Er hatte nur das Gefühl, als wäre er ein Teil von Ralph und darum wollte er bis Sonntag warten.

Wie selbstverständlich begann man, nachdem der Tee gekocht war, mit dem Kartenspiel, und niemand erwähnte die Ereignisse auf dem Bau oder den Grund des Besuchs. Das erstaunte Chris alles nicht mehr, doch vor einigen Minuten hätte er sich noch gewundert. Er lächelte bei dem Gedanken, daß seine Kameraden noch ein unverdautes Erlebnis mehr in ihre Erinnerung einreihen mußten, wenn sie heute abend nach Hause kamen und dann erst merkten, daß sie eigentlich ihren jungen Kollegen aufsuchen wollten, um sich nach seinem Befinden zu erkundigen, weil er so plötzlich die Baustelle verlassen hatte Diesmal rutschte Chris beim Spiel nicht auf seinem

Platz nervös hin und her. Diesmal hatte er Geduld.

Schon längst hatte er die Stadt hinter sich gelassen. Er hatte sich genau an die eingezeichnete Route gehalten und es tat seinem alten Fahrrad offensichtlich wohl, daß es auf einer abnorm glatt asphaltierten Straße rollte. Diese seltsame Straße glänzte wie lackiert und zog sich wie ein Silberfaden durch die Landschaft, in der Bäume, Büsche und Wiesen still in ihrer Vielgestalt die Harmonie der Bewegung verkörperten. Es war eine klare Nacht. Chris sah auf die Uhr: Die Zeiger zeigten kurz vor zwölf. Trotzdem beeilte er sich nicht sehr, denn er wollte sich an der eigentümlichen Schönheit dieser Nacht berauschen. Bald schon zeigte sich am mondhellen Horizont allerdings der Schatten eines großen Gebäudes. Unbeeindruckt fuhr der junge Mann darauf zu. Das villenähnliche Haus hatte eine moderne Fassade und stand direkt auf der Straße. Wäre jetzt ein Ortskundiger hier, er wäre sprachlos gewesen vor Schreck, denn es hatte hier, seit man sich erinnern konnte, nie ein Haus gestanden.

Christian stellte sein Rad gegen eine der Fichten, die das sonderbare Haus in reicher Zahl umgaben. Langsam wunderte er sich. Früher hätte er Angst gehabt, aber an diesem Abend hatte er das Gefühl, als wären seine sonst so übersensibilisierten Empfindungen ausgeschaltet und doch auf merkwürdige Weise verstärkt. Wie ein Automat ging Chris gleichgültig Schritt um Schritt vor und doch ahnte er, daß seine besondere Sensibilität in diesen Augenblicken eine große Rolle spielte. Er drückte auf den Klingelknopf. Als sich eine Weile nichts rührte, drückte er die Türklinke herunter und stand in einem angenehmen Empfangsraum. In einem der beiden Sessel saß ein älterer Herr, der ihm den Rücken zukehrte.

"Trete ein", begann die wohlvertraute Stimme, "und setze dich zu mir". Die anheimelnde Einrichtung hatte nichts von dem gewöhnlich uniformierten Empfangsraumstil an sich, sondern erweckte den Eindruck geschmackvoller Individualität. Eine alte Stehlampe verteilte ungleichmäßig ihr warmes Licht in dem großen Raum. Die dunkle Beleuchtung wirkte einschläfernd und der bequeme Sessel tat sein Übriges, in den Chris sich gesetzt hatte, nachdem er sicher war, daß der Raum nichts Feindliches enthielt. Wieder wollte er die Fragen stellen, die ihm auf der Zunge brannten. Wie kam dieses

Haus hierher? Wer war Ralph? Wie sollte er sich seinen eigenen Zustand erklären? Warum befolgte er blind die Anweisungen des Mannes, von dem er nur den Namen kannte? Doch bevor sich seine Fragen in Worte umsetzen konnten, stand Ralph auf, durchquerte den Raum, öffnete eine Schranktür und machte eine einladende Geste in Christians Richtung. Als Christi-den Schrank betrat, sah er den langen Gang. Dicht nebeneinander waren an beiden Seiten des Ganges Türen zu sehen. Ralph, der einige Schritte vorausgegangen war, drehte sich um und sagte bedeutungsvoll: "Hinter jeder Tür ist jemand steckengeblieben." Angestrengt überlegte Chris. Was hatte das schon wieder zu bedeuten? Dann überwältigte Christian die Erkenntnis.

Er hielt den älteren Mann fest und blickte ihm selbstsicher in die Augen, als er begann, seine Gedanken zu formulieren. "Hinter diesen Türen sitzen Leute fest, während wir über den Gang laufen. Was unterscheidet mich von den anderen? Der Gang und die Türen, das ist doch alles nur ein Bild." Er blickte zurück und wunderte sich nicht, daß die Tür, durch die er gekommen, wieder verschlossen war und sich in nichts von den anderen Türen unterschied. "Ist es so ?" fragte er und ließ Ralph wieder los. Der wiegte seinen Kopf: "Man könnte es so sagen. Noch auf der Anfahrt hattest du gewußt, daß weder die Straße noch das Haus wirklich existieren. Jetzt bist du hier!" Christian wurde sich immer mehr der Bedeutung seines Erlebens bewußt. Dieser ältere Herr, der da gelassen vor ihm herging, war augenblicklich seine stärkste Fiktion. An ihn mußte er sich jetzt klammern. "Bitte Ralph, erklär mir das alles genauer." Unterdessen hatten sie das Ende des Ganges erreicht und betraten einen krankenzimmerähnlichen Raum. Die einzigen Möbel waren eine Liegecouch und ein unbequemer Stuhl.

Die Angst in dem jungen Mann wurde immer stärker. Trotzdem gelang es ihm nicht mehr zu schreien oder auf andere Weise seine Existenz zu bestätigen und zu sichern. Die Angst wurde zur Qual.

Obwohl es in dem Zimmer kühl war, fühlte Chris Schweiß an seinem Körper herunterlaufen. Es geschah wie von selbst, als er sich auf die Couch zubewegte und sich erschöpft darauf sinken ließ. Eine angenehme Schwäche breitete sich in ihm aus. Dann füllte auf einmal die Stimme Ralphs den ganzen Raum. Chris, der sich vergeblich zu bewegen versuchte, konnte ihn nicht mehr sehen. Überlaut drangen ihm die Worte ins Ohr:

"Oft hält man mich für eine Sinnestäuschung oder für eine krankhafte Erscheinung. Kaum jemandem gelingt es wirklich, stehen zu bleiben auf seinen trügerisch sicheren Schienen, denn der Wechsel der Bilder und Reize scheint diesen Menschen das Erleben wert. Viele verhalten sich so und der rege Verkehr auf den Schienen der Planung und der Erinnerung vermittelt fast allen die Sicherheit, das Richtige zu tun. Die Kranken, die Sterbenden, die Asozialen und die Kriminellen verkörpern die Wirklichkeit der unsicheren Grenzen fließender Existenz. Auch die Leidenden glauben an das, was die meisten tun und sind deshalb verworfen, Außenseiter zu sein, weil es scheinbar unmöglich ist, die eigene Entwicklung zu erkennen, ohne zu vergleichen.

Niemandem kann man verbieten, festzuhalten an Dingen, die er fühlt und sieht, doch bleibt dann auch niemandem die schmerzliche Enttäuschung erspart, welche in ihrer Stärke der Dauer entspricht, die derjenige sich daran klammern mußte. Manche können solche Enttäuschungen ertragen, ohne sich schnell ein Bild machen zu müssen, mit dem sie sich dann wieder behaupten können, in der Regel sind die Reize aber stärker als die Enttäuschung, und die Flucht in die Ordnung der Vergeßlichkeit setzt sich fort. Sollte es doch jemand fertigbringen, seine Ohnmacht zu fühlen, ohne zu resignieren, so kommt es vor, daß dieser Mensch die Kräfte der Welt beherrscht, Wunder vollbringt oder gar ganz verschwindet. Oft versucht solch ein Mensch, anderen mitzuteilen, was er ihnen voraus hat und wie sie es auch erreichen können. Dazu schafft er häufig allgemeingültige Vergleiche und Bilder, die aber auch nur wenigen eine echte Stütze sind, ohne sie in den Wahnsinn zu führen. Anderen wieder gelingt der Sprung, doch bleiben sie über dem Abgrund hängen, sich verzweifelnd an das eine Ende klammernd, um das andere zu erreichen. Es gerät alles dabei außer Kontrolle, und sie werden krank. Das Sicherheitsstreben der Menschen läßt es nicht zu, die Dinge unerklärt zu lassen, und diese Sicherheit stößt die Irren und die Bösen aus der menschlichen Gesellschaft aus, denn sonst wäre ihre Ordnung widerlegt. Jede Ordnung ist eine Verkörperung der Angst, darum ist sie immer bedroht. Sie flieht vor ihrer eigenen Sicherheit. Denke daran, Christian, du hast zuviel gesehen und angenommen; bleib, wo du bist." Die Stimme war immer monotoner geworden und ging mit den letzten Worten in ein unheimliches Summen über.

Christian hatte sich schon auf der Couch entspannt. Er wurde ganz ruhig, denn nun begann er zu begreifen, was Ralph meinte und was vor sich ging. Dabei tauchte überdeutlich wieder ein Erlebnis vor seinem geistigen Auge auf, das ihn vor einigen Jahren auf einer Eisenbahnfahrt sehr schockiert hatte. Kurz vor der Einfahrt in den Bahnhof stellte sich eine Frau mit einem kleinen Hund neben ihn vor einen der Ausgänge. Ein anderer Mann zwängte sich vorbei und öffnete noch während der Fahrt die Tür. Der Hund, der nicht angeleint war, begann plötzlich zu winseln und sprang unerwartet aus dem fahrenden Zug. Sie hatten die Notbremsen viel zu spät gezogen, so daß es noch eine Weile dauerte, bis der freundliche Schaffner nachgesehen hatte, um dann mit ernster Miene der Dame die Todesnachricht zu übermitteln. Hierbei konnte er allerdings nicht umhin, noch einmal die Sicherheitsvorschriften zu zitieren. Es erschien Christian so, als wäre diese Erinnerung eine Illustration zu seiner neuen Erkenntnis. Der arme Hund hatte Angst, doch er verhielt sich ordnungsgemäß. Auch der Schaffner hatte gesagt, daß das arme Tier vor Angst gar nicht anders konnte.

Das Summen im Raum schwoll an und zerriß den Faden der Gedanken, die Christian in nie gekannter Intensität ergriffen hatten. Er wollte die Augen öffnen, doch war ihm nicht mehr klar, ob er überhaupt welche hatte. Der Raum um ihn herum wurde immer größer und er sah ihn in verschiedenen dunklen Farben leuchten. Sie nahmen kontinuierlich Gestalt an und bald schon erblickte Christian Tiere, von denen er bisher nur gehört hatte. Riesige Saurier schleppten sich durch eine farbenprächtige Urlandschaft mit kolossalen Bäumen, die entfernt an den Farn in heimatlichen Wäldern erinnerten. Der Raum wurde zu einem Gebirgsmassiv, in dessen Schluchten dunkle Löcher die Felswände zierten. Schwerfällige menschliche Gestalten schlichen teilweise in Gruppen, manchmal einsam, geschäftig zwischen den Höhlen umher. Als wechselte der Film, erstanden vor Christian halbkugelförmige und zylindrische Bauwerke. Eine ganze Stadt lag friedlich zwischen Wiesen und buschähnlichen Wäldern eingebettet. Wenige graziöse Gestalten waren in der Ferne zu sehen und nirgendwo waren Fahrzeuge zu entdecken.

Gerade hatte sich Chris von der brutalen Deutlichkeit der prähistorischen Landschaft erholt, um sich nun an der Friedfertigkeit einer harmonischen Stadt ohne Verkehr in einer malerischen Landschaft zu erfrischen, ja, vielleicht sogar darin überzugehen, da saß er wieder in der Küche seiner Wohnung und trank Tee. Sein Hirn schlug Purzelbäume. Alles war durcheinander. Wie aus einem Traum wurde er dann plötzlich durch die Luft gerissen. Aber das war doch nicht die Luft, das war der Raum mit der Couch und dem Stuhl. Auch Ralph stand in dem Raum mit gekreuzten Armen und sah ernst auf ihn herab. Christian schrie und die Lunge gab alles her, was die Angst aus ihr herauspressen konnte.

Er wollte raus, denn das hier war Wahnsinn. Schneller als er gedacht hatte, stand er an der Tür und, ohne zu wollen, sah er sich noch einmal um. Der Schreck brachte seine Beine in Bewegung, denn er blickte in die kalten Augen eines Reptils. Er warf die Tür hinter sich zu und hatte schnell das Ende des Ganges erreicht. Der Instinkt, der an die Stelle der Angst getreten war, ließ ihn die richtige Tür ohne Zögern aufstoßen. Er verschwendete keinen Blick mehr an den vornehmen Empfangsraum, sondern stürzte gleich durch die offene Haustür ins Freie. Erst als das Haus fast außer Sichtweite war, blieb er stehen und drehte sich noch einmal um. Es war noch dunkel und der Schatten der Kiefern und Fichten vor dem weit entfernten Haus schützte es wie ein wichtiges Geheimnis. Chris setzte seinen Weg in die Richtung seiner Stadt auf der glänzenden Straße fort.

Wer würde ihm das glauben? Aber er mußte doch wenigstens der Polizei einen Wink geben, wer weiß, wie gefährlich die Insassen jenes Hauses waren, das es eigentlich nicht geben durfte.

Er war schon eine ganze Weile gegangen und sann immer noch darüber nach, auf welche Weise er nun diese Geschichte glaubhaft berichten konnte, da wurde ihm mit einem Schlag furchtbar übel. Er konnte sich nicht übergeben, doch das Gefühl der Übelkeit nahm zu. Dazu kam noch die Empfindung, plötzlich eine große Last zu tragen, die immer schwerer wurde. Es lastete auf ihm, als hätte man ihn mit einem Zirkuszelt beladen. Jetzt hatte er nur noch das Bedürfnis, sich von der Last zu befreien, und er kroch mit eigenartigen Bewegungen von der Straße auf eine ruppige Wiese. Es war seltsam, aber hier fühlte er sich schon wohler. Nur das böse Gefühl, daß sich die Landschaft unheimlich verändert hatte, wurde immer stärker. Er hatte eben noch ein sehr unangenehmes Gefühl unter sich und mußte von dem fremdartigen Boden auf den grünen Weg neben sich überwechseln, der ihm vertrauter schien. Unter dem Gewicht einer eigenartigen Haut, die aber ohne Leben war, wurde er mehr und mehr auf den Boden gedrückt.

Doch konnte er sich schnell daraus befreien. Vor seinen Augen tat sich eine Landschaft auf, die er nie so gesehen hatte. Fremdartig die großen Halme, Blumen und Kristalle und doch irgendwie vertraut. Er fror. Der seltsame Haufen vor ihm, aus dem er sich eben befreit hatte, schien ihm geeignet, unterzukriechen. Er schob sich in den toten Berg aus unbekannter Haut. Ein etwas starker Geruch ging von seiner Behausung aus und eine dumpfe Ahnung folgte ihm in den Schlaf.

Noch nie hatte er erlebt, wie Sonnenstrahlen seine Nase kitzeln können, wie flötende und piepsende Geräusche seinen ganzen Körper erbeben ließen und wie feuchte Gräser seinem ganzen Leib, wenn er sich bewegte, zum erfrischten Erwachen verhalfen. Alles war neu. Was wollte er überhaupt hier? Was? Während er vergaß, blieb er ruhig liegen. Er wußte, was er zu tun hatte. Da war ein Gefühl im Leib. Vor seinen Augen war ahnungsvoll das schwache Bild eines kleinen, pelzigen Wesens sichtbar. Das Gefühl im Leib wurde dabei stärker. Er wußte, was er zu tun hatte.

Dann sah er sie. Große Ungeheuer, deren Haut in Fetzen um ihre Körper hing und deren Rachen einen fürchterlichen Lärm machten. Ja, er kannte ihre Gefährlichkeit, und er mußte schnell weg. Er wendete den Kopf und kroch fort. Kaum hatte er die ersten Hölzer gestreift, machte sich auch schon wieder das Gefühl im Leib bemerkbar, und er wußte, was er zu tun hatte.

Die Lehrerin war mit ihrer Helferin nun ganz herangekommen und sie standen einen Augenblick ratlos wie die Kinder vor dem Haufen verschmutzter Kleidungsstücke. Ein Kind brach das Schweigen: "Fräulein Jakobs?" - "Ja!" - "Bettina sagt, sie hat eine Schlange fortkriechen sehen. Vielleicht hat sie den Mann gefressen." - "Aber Schatz", erwiderte die Helferin dem kleinen Mädchen lachend, "erstens fressen Schlangen keine Menschen und zweitens gibt es hier überhaupt keine Schlangen. Da hat nur jemand seine Kleidung liegenlassen." Alle Kinder schwiegen betroffen.

8. Um 10:00 Uhr, irgendwo in Deutschland

"Warum", fragt der Beamte unterdessen entspannt und wesentlich weniger abweisend den Asylbewerber, "warum suchen Sie Hilfe und Schutz ausgerechnet in der Bundesrepublik Deutschland und nicht in einem afrikanischen Nachbarland?"

Der Asylbewerber gibt sich bei dieser Frage irritiert und zögert. Geduldig ermuntert ihn der Entscheidbeamte, indem er ihm erklärt, wie fabelhaft das Interview für ihn, den Asylbewerber, bis zu diesem Zeitpunkt gelaufen sei und daß er, der Entscheider, keine Gründe erkennen könne, die einer positiven Zustimmung des Antrages im Wege stehen würden. Er, der Asylbewerber, möge doch den positiven Verlauf des größten Teiles der notwendigen Befragungen nicht noch dadurch gefährden, daß er nun unnötig lange zögere.

"Weil euer Land ein freies Land ist", hebt der Bewerbende hoffnungsvoll zu einer Erklärung an. "Und weil in eurem Land nicht gefoltert wird und Meinungsfreiheit herrscht und weil das Recht auf Meinungsfreiheit und Menschenwürde eines jeden Bürgers eures Landes vom Gesetz geschützt wird ..."

"... und", unterbricht der Beamte die schwärmerischen Ausführungen des Bewerbers, "woran fehlt es denn in dem Land, das Sie so fluchtartig verlassen mußten?"

"An vielem", antwortet der Bewerber sogleich, während sich seine gerade noch aufgehellte Miene verfinstert. "Aber besonders fehlen in meinem Heimatland die Menschenrechte, Demokratie, Schutz vor staatlicher Folter und Willkür, Meinungs- und Pressefreiheit, soziale Gerechtigkeit, die Chance meines Volkes, über sich selbst bestimmen zu können und ..."

"Das genügt mir", unterbricht der Beamte den zorniger werdenden Redefluß des Bewerbers und erhebt sich von seinem Stuhl sichtlich strenger und abgewandter als noch vor wenigen Augenblicken, um ihn mit einer Handbewegung aufzufordern, das Gesprächsbüro zu verlassen, um auf einer Bank vor der Zimmertür seines Büros Platz zu nehmen und seinen, des Beamten Entscheid, abzuwarten.

Wie begründet seine Ängste und Vorbehalte doch waren, findet der Asylsuchende aus dem Sudan dann schnell heraus, als er dem Entscheider wieder gegenüber sitzt und dieser ohne langes Federlesen auf den vermeintlichen Sachverhalt und damit auf seine Entscheidung zu sprechen kommt: "Mir schien Ihre Geschichte eine ganze Weile glaubhaft zu sein", sagt er dem Asylbewerber nun offen ins Gesicht, "zumal sie von Ihnen auf zurückhaltende und bescheidene Art vorgetragen wurde, bis ich Sie durch meine letzte Frage veranlaßte, über Ihr Land zu sprechen. Danach ist mir die Entscheidung dann doch sehr leicht gefallen, denn zuerst einmal sind wir in der Pflicht, unser Land und unsere friedliche Gesellschaft vor jeder noch so kleinen Gefahr zu schützen, die sich aus der offensichtlichen Überzeugung und Einstellung von Menschen Ihres Schlages mit nicht gering einzuschätzender Wahrscheinlichkeit ergeben könnte. Sie scheinen mir jedenfalls als nachdenklicher und sehr redegewandter Zeitgenosse, der zudem auch noch in der Lage ist, seine Überzeugungen darzulegen, äußerst anfällig zu sein für die Versuchung, ein Neidprediger zu werden, und wie wir ja alle wissen, wird aus einem Neidprediger über

kurz oder lang ein Haßprediger, ein geisti-
ger Brandstifter oder gar ein Terrorist ...

Nun ja, Sie können innerhalb der nächsten fünf Tage Ihres Abschiebungsge-
wahrsams, wenn sich bis dahin noch
wirklich schwerwiegende Gründe finden
lassen, gegen den Ablehnungsbescheid
Ihres Asylantrages letzte Rechtsmittel ein-
legen. Ich freue mich, Sie in unserem
und Ihrem Interesse darauf hinweisen zu
können, daß, sollte der Fall eines solchen
Rechtsmittelgebrauchs eintreten, inzwischen darüber innerhalb von 24 Stunden
entschieden wird."

9. Firmenkondolenz

"Es mag sein", sprach die Pressespreche-
rin des großen Chemiekonzerns zu der
Trauergemeinde, welche sich eingefunden
hatte, ihre durch kalkulierte Fahrlässig-
keit und durch gezielte Gewinnstrategie
in der Konsequenz unnötig tödlich verunglückten Väter, Mütter, Töchter und Söh-
ne in einer gemeinsamen Trauerfeier
nahe des Betriebsgeländes zu ehren und
zu bestatten, "es mag sein", wiederholte
sie als Vertreterin der Firmendirektion,
"daß die Opfer dieses großen Chemieun-
falls hätten vermieden werden können,
wenn die Firmenleitung die bereits jahrelang angemahnte Verbesserung und An-
passung der Sicherheitstechnik an die
neuen Produktionskapazitäten rechtzeitig
vorgenommen hätte. Dieser katastrophale
Unfall wäre vielleicht zu vermeiden gewesen, doch konnte keiner der Verantwortli-
chen mit dem damaligen Kenntnisstand
ahnen, daß sich tatsächlich eine Explosion
von diesen Ausmaßen ereignen würde,
noch bevor die ohnehin bereits geplanten
Modernisierungsmaßnahmen hätten grei-
fen können.

Sofort nach diesem unglücklichen Geschehen haben die zuständigen Behörden und

die Aufsichtsräte des Konzerns natürlich reagiert und nicht nur die notwendigen Baumaßnahmen eingeleitet, sondern den gesamten Sicherheitskomplex mit Blick auf die letzten Monate und Jahre zum Gegenstand einer parlamentarischen Initiative gemacht, die die lange offenen Sicherheitsfragen und ihre Regulationen auf eine gesetzliche Grundlage zu stellen beauftragt hat.

Nicht zuletzt deshalb können wir etwaigen Wiedergutmachungsforderungen und Erwartungen der Angehörigen allerdings in keiner Weise zustimmen oder uns, wenn auch nur mit symbolischer Geste, an dem Eindruck ihrer eventuellen Berechtigung beteiligen, hat uns doch dieser furchtbare Unfall ebenso wie die hier Trauernden ereilt, bevor die entsprechenden Gesetze oder etwa ein internationales Recht solche Hoffnungen begründbar erscheinen ließen.

Wir versichern jedoch allen hier Anwesenden, uns selbstverständlich ab sofort an das zukünftig zu erwartende neue Recht zu halten und uns deshalb mehr als in zurückliegenden Zeiten jedem unserer Mitarbeiter gegenüber verantwortungsbewußt und fürsorglich zu verhalten, indem wir ihm und jedem anderen dieses Betrie-

bes stets den ihm zustehenden Lohn fort-
zahlen und mit Blick auf die Zukunft
auch seinen und den Arbeitsplatz aller
Kolleginnen und Kollegen gewährleisten
werden.

Der hier anwesenden Trauergemeinde
kann es deshalb eine Genugtuung und
Freude, ja geradezu ein gerechter Trost
sein, ungeachtet allen Bedauerns um die
Schicksale der Verunglückten, zu erkennen, wie sich doch die Firmenleitung
um ihre Verantwortung für den gesamten Betrieb und seine Zukunft sorgt und
bemüht.

Wer sollte da wohl noch, wenn auch von
einem derartigen Schicksal geschlagen,
eigensinnig und engstirnig aus der Reihe
tanzen und den übrigen Kolleginnen
und Kollegen ihren Blick nach vorne auf
ihre große Zukunft mutwillig verstellen
wollen?"

10. Bleib gesund

An einem grauen Montag einer grauen Arbeitswoche in einem grauen Büro der Betriebskrankenkasse auf einem grauen Industriegelände in einer grauen Zukunft spricht wegen einer gesundheitlichen Beratung einer der tüchtigen Arbeiter dieses Komplexes seinen zuständigen Sachbearbeiter in einer Schichtpause nach Terminvereinbarung an.

Der Sachbearbeiter eröffnet das Gespräch mit einer Frage: "Rauchen Sie?"

Der Arbeiter antwortet: "Gelegentlich, bei Streß oder zu besonderen Anlässen."

Der Berater fragt weiter: "Treiben Sie Sport?"

"Ich schwimme von Zeit zu Zeit und zweimal im Jahr beteilige ich mich an den Fußballspielen der Altherrenliga unseres Betriebssportvereins", führt der Arbeiter geduldig aus.

"Trinken Sie Alkohol?", ist die nächste Frage.

Der Arbeiter runzelt die Stirn: "Na ja, hin und wieder mal 'n Bier und sonst nur bei kleinen Festen auch mal Wein oder ähnliches."

"Und Ihre Eßgewohnheiten?", forscht nun der Berater nach.

"Nun, eben Hausmannskost, Kantinenmahlzeiten und auch hier und da mal 'ne Currywurst oder 'n Burger gegen den kleinen Hunger", stellt der Arbeiter fest.

"Haben Sie eine besondere Vorliebe für Naschereien, Süßes und ähnliches?", will der Sachbearbeiter plötzlich wissen.

"Nein", antwortet ihm sein Gegenüber wahrheitsgemäß, "aber ich verweigere mich beim Kaffeetrinken den Keksen nicht oder je nach Umstand dem kleinen Stückchen Kuchen, und 'ne Sportschokolade eß' ich auch schon mal zur Zwischenverdauung."

Der Krankenkassenberater beugt sich vor und meint: "Ihr Arbeitsplatz ist wohl nicht gerade von umfangreichem Bewegungsaufwand geprägt, oder?"

"Ich schraube und kontrolliere am Band!" kontert der Arbeiter trocken.

"Sie wissen", beginnt der Sachbearbeiter mit einer ausladenden Geste seine lange Rede, "daß Sie auf dem besten Wege sind, die Solidargemeinschaft zu schädigen durch Ihr offensichtlich uneinsichtiges Verhalten dem Erhalt Ihrer Gesundheit und Leistungsfähigkeit gegenüber. Das ist umso unverständlicher, als daß es seit einigen Jahren bereits öffentliche Aufklärungskampagnen und nicht zuletzt vielseitige betriebliche Initiativen gibt, die die Folgen gesundheitlicher Beeinträchtigung bis hin zu schwersten körperlichen Leiden und das heißt damit die als gesellschaftlich unerträglich erkannten Aufwendungen und Kosten im Falle schwerer Erkrankungen nachhaltig begrenzen helfen.

Sie laufen Gefahr, mit Ihren vier Kilogramm Übergewicht und Ihren zu häufigen Erkältungsdispositionen in die statistische Zone schuldhaften Selbstbeschädigungsverhaltens abzugleiten. Wenn Sie das verhindern wollen, lesen Sie sich noch einmal in die Angebote und Optionen des Gesundheitsermächtigungsgesetzes zur Gesundheitsevaluation und Humankorrektur, auch Gesundheitspräventionsgesetz genannt, das im Jahre 2005 noch in dankenswerter Weise durch die damalige Gesundheitsministerin Ulla Schmidt angestoßen wurde, hinein, und Sie werden sehen, daß Sie doch noch bei einiger Mühe den schädlichen Konsequenzen Ihrer Nachlässigkeit und fast schon renitenten Daueranfragen bei Ihrem zuständigen Sachbearbeiter für die Genehmigung von Arztbesuchen und Behandlungen entgehen können."

"Ich habe verstanden und werde mich anstrengen. Vielen Dank also für die aufschlußreiche Konsultation und Beratung", entgegnet der Arbeiter mit der gepreßten Stimme erzwungener Einsicht.

"Das habe ich doch gerne getan, denn genau deshalb bin ich doch hier angestellt", schließt der Sachbearbeiter mit serviler Freundlichkeit das Gespräch ab. Dabei weist er routiniert mit dem Zeigefinger auf das große Plakat an der gegenüberliegenden Wand mit dem Text einer Erklärung des neuen Mandats und moderneren Selbstverständnisses öffentlicher und privater Krankenkassen und Versicherungen.

Dort steht geschrieben: "Ihre Krankenkassen und deren Mitarbeiter dienen der Solidargemeinschaft. Die Solidargemeinschaft trägt mit den von Ihnen eingezahlten Beiträgen Sorge dafür, daß niemand dem anderen über die Maßen zulässiger

Therapien und wirtschaftlich vertretba-
rer Kosten hinaus zur Last fallen kann."

11. Staatspflichten

Im Jahre 2018 an irgendeinem Sonderge-
richt für Verweigerungsdelinquenz schob
der zuständige Richter die dünne Ermitt-
lungsakte beiseite und fragte den Angeklagten: "Haben Sie noch etwas zur Sache
mitzuteilen oder zu Ihrer Verteidigung
zu sagen?"

"Ich möchte nicht darauf verzichten",
nahm der Angeklagte das Wort und fuhr
fort: "Daß ich mich gemeinschaftlichen
Aufgaben oder auch sozialem Engagement
entziehe, kann man mir gewiß nicht vor-
werfen, wie Sie, Herr Richter, den Unterla-
gen sicherlich entnehmen können. Wenn
ich mich nun weigere, ein Jahr lang den
sogenannten Dienst terrorabwehrbewuß-
ter Pflichterfüllung anzutreten, dann
mindestens mit dem gleichen Gewissens-
recht, mit dem in vergangenen Zeiten
der Dienst an der Waffe verweigert werden konnte.

Darüber hinaus läßt mein Verständnis
der bürgerlichen Freiheit sowie demokra-
tischer Grundsätze und fundamentaler
Menschenrechte es nicht zu, mich in eine
unspezifische Abwehrfront hineinzwin-

gen zu lassen, die sich der Anerziehung der Unterscheidungsfähigkeit zwischen dem Bösen im allgemeinen und dem Terrorismus als seine besondere Spielart und der herrschenden Lesart dessen, was gut zu sein habe, verpflichtet sieht.

Ich glaube, nur die freie Gewissensentscheidung und das Vertrauen auf die demokratischen Fähigkeiten der Menschen bietet eine legitime Grundlage, Schaden von der Gesellschaft abzuwenden und Bedrohungen und Gefahren zu bekämpfen. Mit der ausschließlich durch die vorherrschende Weltanschauung und gesellschaftliche Interessen generierten Übereinkunft, ab wann oder warum das ultimativ Böse oder der Terror am Werke sei, wird der Blick für die gesellschaftliche Verantwortung und Beteiligung aller Menschen absichtlich verschleiert, um dann mit Hilfe des entstandenen Feindbildes bloßer Beliebigkeit außerhalb jeder gesellschaftlichen Kritik dem verborgenen Terror ungebremster Meinungs- und Denkkontrolle freie Hand zu geben. Mir scheint, daß dann tatsächlich die Chance, Schaden abzuwenden oder Gefahren bekämpfen zu können, vollständig aus der Welt geschafft wäre, weil der Terrorismus als Feindbild auf diese Weise zum

staats-, sicherheits- und lebensbegründen-
den Prinzip erhoben würde.

Wenn es unbestritten viele Gefahren,
Schäden und Probleme gibt, die die
menschliche Gesellschaft bedrohen, so
dürfen sie doch nicht, das ist mein Fazit,
zum Begriffsmißbrauch des sogenannten
Terrorismus aufgebaut werden, damit
sich die Menschen wirklich fortwährend
und erfolgreich und ohne daran zu zerbrechen gegen alle Gefahren, aber auch
gegen jeden geschichtlichen Rückschritt
zur Wehr setzen können.

Vielleicht können Sie, Herr Richter, doch
meinen Standpunkt nachvollziehen, daß
ich mich deshalb nicht mit der Beteiligung
an der Verinnerlichung und Legitimation
eines sogenannten Terrorabwehrbewußt-
seins den damit verbundenen Lügen und
wirklichen Verbrechen ausliefern möchte.
Ich denke, erst mit der Angst und Unauf-
geklärtheit der Menschen, und nur damit,
kann das Gespenst des Terrorismus her-
aufbeschworen werden, und dem möchte ich mich entschieden entgegenstellen.
Mich würde es allerdings sehr wundern,
Herr Richter, wenn gerade Sie nicht darüber Bescheid wüßten."

"Natürlich", antwortete der Richter dem aufgebrachten Angeklagten, "natürlich wissen wir das alles und sind uns vollständig im klaren darüber."

"Dann wird mich das Hohe Gericht sicherlich noch darüber aufklären", stellte der Angeklagte ernüchtert fest, "wozu beispielsweise eine solche Verhandlungsscharade einerseits und so etwas wie die Terrorkampagnen andererseits überhaupt notwendig sind? Haben Sie denn nicht alle Mittel bereits in der Hand?"

Mitleidig blickte der Richter auf den Angeklagten herab und erwiderte: "Wenn Sie es immer noch nicht begriffen haben, dann will ich es Ihnen wohl kurz erklären: Damit wir Leute wie Sie aufspüren, dingfest und unschädlich machen können, sonst hätten wir tatsächlich nicht alle Mittel in der Hand."

12. Tarifabschluß

Spontane Verlautbarung der IGITT-Metall:

Liebe Mitläufer und -glieder,

wir feiern den runden Abschluß unseres neuen Tarifvertrages. Einer nicht entlohnbaren Arbeitszeitverlängerung brauchten wir nicht zuzustimmen, weil sie ohnehin schon herrschende Praxis ist. So konnten wir weiterhin auf unserem Wunsch beharren, daß gegebenenfalls auch die 35-Stunden-Woche möglich sein sollte. Darüber hat es dann auch keinen Streit gegeben.

Bei den Lohnerhöhungen haben wir durchgesetzt, daß sich die Arbeitgeber mit ihrem Angebot behaupten konnten. Dafür konnte die Öffnungsklausel für Betriebsvereinbarungen in Klammern gesetzt werden, denn diese Klammern ermöglichen es, diese Klausel zu praktizieren, ohne daß sie mit dem Rest der Tarifvereinbarung in Verbindung gebracht werden kann.

Beide Parteien haben damit nicht nur ihre Aufgabe zur eigenen Zufriedenheit erfüllt, sondern auch noch ihren jeweiligen Standpunkt wahren können.

So, liebe Genossen, wenn wir uns als verläßlich und kooperativ erweisen, gibt es sicher in 26 Monaten noch einmal die Gelegenheit, mit den Kollegen von der Arbeitgeberseite zum Tarifkaffee und Flächenklatsch zusammenzufinden, und dann dürfen wir für unsere Unterschrift unter unsere finalen Auslaufverträge sogar unsere eigenen Kugelschreiber benutzen.

13. Eden

Mein lieber Freund und Vorgesetzter,

wenn Du Dich neben meiner bereits erfolgten telefonischen Kündigung und ihrer Bestätigung durch meine entsprechende E-Mail noch mit diesem fast antiquierten Brief konfrontiert findest, dann nur deshalb, weil mir persönlich alles daran liegt, nichts unversucht zu lassen, gerade Dir meinen beinahe lebenskritischen Konflikt nahezubringen, in den ich mich seit dieser Nacht gestossen finde. Ich vertraue Dir, und ich weiß, Du wirst bei aller Skepsis meine Ausführungen und Schilderungen mit der Dir eigenen Aufmerksamkeit lesen und zu begreifen versuchen. In der Hoffnung und mit der freundschaftlichen Pflicht, Dir die Heftigkeit und Konsequenz, mit der ich mich meiner Amts- und Berufsausübung zu entledigen suche, wenigstens einseitig erklären zu können, möchte ich mich jetzt auch zügig und vielleicht etwas protokollarisch meinen Erlebnissen in der vergangenen Nacht zuwenden und zumindest die Ereignisse, derer ich mich noch besinnen kann, so zusammenhängend, wie es eben geht, bis genau zu diesem Augenblick aufrichtig schildern.

Nachdem ich nun fast zwei Stunden stirnrunzelnd, fingerschnippend und behelfs aller möglichen gedanklichen Abschweifungen unkonzentriert wie selten zuvor mit aufgeschlagener Bibel am Keyboard meines Rechners, wenn auch vergeblich, bemüht war, wenigstens das Konzept meiner bevorstehenden Predigt grob zu entwerfen, überkam mich, einem Befreiungsschlag gleich, der Impuls, der Qual und der Überforderung meiner Geduld ein Ende zu bereiten und mich spontan mit einer schnell erklärten Krankmeldung für diesen einen wie für die nächsten Tage aus der Affäre zu ziehen.

Ich besprach mit meinem jüngeren Kollegen kurzerhand telefonisch die Lage und konnte mich bei seinem ausgesprochen entwickelten Ehrgeiz als Berufsanfänger seiner Unterstützung versichern, als ich ihn bat, sowohl das liturgische Amt als auch die Predigt am kommenden Sonntag für mich zu übernehmen. Nach dieser Absprache war ich buchstäblich entlastet von den kreisenden Gedanken und von meiner bei Predigtvorbereitungen stets auftretenden leichten Übelkeit befreit und konnte mich endlich meinen eigentlichen Überlegungen und Tagträumen abermals und diesmal wesentlich entspannter zuwenden.

Da indessen der späte Nachmittag bereits begann, in die frühen Abendstunden überzuwechseln, habe ich mir aus meinen Kellerbeständen noch zielstrebig zwei Flaschen Musigny geholt, Du erinnerst Dich, es ist der gute Rote, an dem auch Du bei manchen Gelegenheiten großen Gefallen gefunden hast, wenn wir bis spät in die Nacht hinein unsere theologischen Dispute und privaten Gespräche, nicht selten ohne zu einem Ende zu gelangen, geführt haben.

Nun, was soll ich sagen? Es hat wohl bis kurz vor Mitternacht gedauert, bis ich mir das letzte Glas und damit auch den Rest beider Flaschen genußvoll und um vieles beruhigter in kleinen Schlückchen über Gaumen und Zunge in meine durstige Mundhöhle goß. Die leichte Überdosis Schlaftabletten, verschrieben von meinem Arzt wegen gelegentlicher Schlafstörungen, also etwa eine Pille mehr, als die Vorschrift es erlaubte, spülte ich mit einem Überrest kalt gewordenen Kaffees herunter. Im Sitzen muß ich dann eingeschlafen sein.

Der ferne Widerhall schönster Klänge und Geräusche, der Geborgenheit einer alles versprechenden Umarmung vergleichbar, nahm meinen musikverwöhnten Gehörsinn nicht nur einfach gefangen, sondern zog mich umfassend in seinen tiefen Wohlklang hinein, der, ausschließlich mir gewidmet, schnell bis über den Horizont meines Vorstellungsvermögens hinauswuchs und im wachsenden Maße bei mir das Empfinden weitestreichender und alles durchdringender Zugriffsgewalt auf meine mittelbare und unmittelbare Umgebung auslöste.

Schon wenn ein Gedanke oder ein Gefühl im Anflug war, wandelte und manifestierte sich das, was ich normalerweise als meine Umgebung oder Umwelt identifizieren konnte, ohne jede Verzögerung bereits in das, was ich im tiefsten Inneren zu ahnen schien. Bis ich mir endlich klar darüber wurde, daß ich mich nicht nur wie ein Gott fühlte, sondern tatsächlich Gott und Schöpfer war, der sich jeden erdenklichen Wunsch erfüllen konnte, sollten bestimmt, irritiert und beschäftigt, wie ich war, einige Stunden verstrichen sein. Zur selben Zeit, bemerkte ich jedoch, mußte ich meine ganze Konzentration und Kraft auf den Balanceakt verwenden, nur keine finsteren oder bedrohlichen

Gedanken zuzulassen, so daß ich nun bald nicht mehr sicher war, ob dieser spezielle Zustand wirklich derart erstrebenswert war, bei dem ich immerfort die Anstrengung aufzuwenden hatte, mir jeden häßlichen Gedankenfetzen, verursacht von meinen eigenen Lust- und Gewaltimpulsen, der mich zu erfassen drohte, mit entgegengesetzter Wirkung zu vereiteln. Irgendwann lernte ich nach einigen fast katastrophalen Fehlversuchen, daß mir solches nur gelang, wenn ich mir in aller Deutlichkeit jeweils die entlastendste und schönste Umgebung, die meine beschränkte Phantasie zuließ, auszumalen begann.

Ich erwischte mich allerdings auch nach sehr kurzer Zeit dabei, in immer kürzeren Abständen nicht auf mein kreatives Vermögen, sondern vielmehr auf meine Gedächtnisleistung zurückzugreifen, um erstrebenswerte und ausnehmend angenehme Erinnerungen und Bildklischees wachzurufen, damit die spürbarer gewordene Panik, irgend etwas könnte mißlingen, nicht das Ruder übernehmen konnte.

So lag es geradezu auf der Strecke, an der Stelle, wo meine kreativen Kräfte nachzulassen begannen, die wiederholte

Phantasie und Idee von einem paradiesischen Garten, in welchem ich zunächst einmal meine tief herbeigesehnte Ruhe finden konnte, festzuhalten. Dann, selbst für mich doch überraschend und schnell, fand ich mich so vollständig und genau, wie ich es mir immer vorgestellt habe, in jenem bis dahin lediglich gefühlten Paradies mit Haut und Haaren und allem, was mich ausmachte, wieder. In eine trefflichere, gleichsam freiere Umgebung mit dem zarten Strich eines leichten, jedoch auch erfrischenden Windes, dem sanften Geschmack und Geruch grüner Wiesen und intensivsten Blütendüften konnte ich mich nicht gewünscht haben. So und nicht anders hatte ich mir immer schon den Garten Eden, also das Paradies, vorgestellt. Neben dem vielstimmigen Zwitschern unendlich vieler Vögel vernahm ich auch die Laute unterschiedlichster Tiere und Insekten. Beinahe wären meinem entspannten Gehör deshalb die menschlichen Töne, mir und meiner Art ach so vertraut, entgangen, weil sie sich wie auch alles andere geradezu harmonisch ins lebendigste aller Stimmenmeere, das ich je erfahren hatte, betteten, als hätte dieses ohne sie keinen Bestand.

Von der lichten Anhöhe, auf der sich meine Füße tief in das weiche Gras jener blütenreichen Wiese drückten, die sich, so weit das Auge reichte, also bis an den Horizont, inmitten verschiedenster Baum- und Buschgruppen bis an den Rand der Welt zu erstrecken schien, konnte ich zwei menschenähnliche Wesen in einem offenbar kleinen Fluß oder einem überschäumenden Bach mit fast schon kindlicher Planschlust spielen sehen. Es war mir, als riefen sie mich zu sich, und dem Impuls, auf schnellstem Wege zu ihnen zu gelangen, konnte ich nicht wirklich widerstehen. Mir war noch so viel Verstand geblieben zu erkennen, daß sie ohne jede Zier und Kleidung dem paradiesischen Klima nackt und frei in jeder Bewegung ihren unabsichtlichen Tribut zollten. Ich hingegen konnte mit meinem Schlafanzug, den ich unerwartet noch am Leibe trug, plötzlich gar nichts mehr anfangen. Und um ihnen gleich zu sein und sie nicht zu erschrecken, beschloß ich, ihn abzustreifen, bevor ich mich zu ihnen gesellen würde.

So lag das Häuflein Pyjama nun vor mir und mir schien es selbstverständlich, ihn den möglichen Blicken der beiden menschlichen Wesen vollends entziehen zu müssen. Den unverkennbar größten

Baum in meiner Nähe wählte ich aus, um den Schlafanzug für mich jederzeit wiederfindbar zwischen seinen mächtigen Wurzeln zu vergraben. Kaum aber hatte ich ihn eher locker mit der ausgehobenen Erde zugedeckt, da standen die beiden, als hätten sie geahnt, hier auf einen Artgenossen zu stoßen, gleichermaßen verlegen und neugierig nur wenige Meter von mir entfernt und winkten mir nach einem kurzen Blickwechsel mit nahezu kindlicher Gebärde und wie um mich herzlich zu begrüßen mit allen vier Armen zu. Bevor sie es schafften, mir in ihrer unverstellten Begeisterung entgegenzurennen, trat ich ihnen mit einem unmißverständlichen Gestus der Autorität in den Weg und wies sie mit ausgestrecktem Finger fort von diesem Ort, an dem ich unter dem größten aller Bäume meinen Schlafanzug vergraben wußte.

Im väterlichen Ton erklärte ich ihnen, daß jener große Baum der einzige wäre, in dessen Nähe sie sich nie begeben sollten oder von dessen Früchten sie je essen dürften, wenn sie nicht ihr Lebensglück und ihre ganze Unschuld aufs Spiel setzen wollten. Sie schienen mich hervorragend zu verstehen, denn sie trollten sich sofort wieder hinunter an den großen

Bach, nicht ohne mich winkend einzuladen, ihnen doch zu folgen.

Vorerst war ich erleichtert, und als ich mich dann lachend und tobend im innigsten Spiel vereinigt und im Bache planschend wiederfand, stellte sich bei uns allen eine fast ungebrochene Zufriedenheit ein.

Abende holten den Tag und Nächte gebaren den Morgen. Eine Weile dauerte es wohl, bis meine Zufriedenheit langsam schwand und zunehmend dem Eindruck wich, daß ich bei aller Innigkeit und mißgunstfreier Gefühlsentfaltung doch irgendwie nur das fünfte oder in diesem Falle das dritte Rad am Wagen zu bleiben schien. Bald schon hielt mich mein Seelenzwist wach, wenn sie schliefen, und auf einem geradezu störenden Abstand, wenn sie mich trösten oder gar in den Arm nehmen wollten. So wie mich meine wachsende Einsamkeit immer weiter von ihnen forttrieb, intensivierte sich zur selben Zeit eine immer größer werdende Sehnsucht nach der uneingeschränkten und geradezu vollständigen Aufmerksamkeit von einem der beiden, vielleicht, um solche Liebe untereinander meinerseits besser verkraften und auch als Besitz sichern zu können. Bis es

jedoch soweit war, daß ich zu einem un-
heilvollen Entschluß kam, litt ich gefühlt
sehr lange wie ein Hund.

Der Plan, den ich nach und nach zu
schmieden begann, glich einem endgültigen Abschied vom Paradies und gleichzeitig dem verzweifelten Versuch, jede
Trennung zu verhindern. Nachdem ich
lange genug mit mir gerungen hatte,
schaffte ich es schon bald und ohne nen-
nenswerte Umstände, einen der beiden
Mitgenossen unserer kleinen Lebensge-
meinschaft zu einem Treffen unter vier
Augen zu überreden. Wie immer kam
bei den beiden weder der geringste Arg-
wohn auf noch wurde mir eine einzige
Frage dazu gestellt, und es blieb ausschließlich meine Sorge, um ihre Unschuld und ihr urwüchsiges Vertrauen
zu bangen.

Gerade meiner Phantasien, meiner Absichten und meiner tatsächlichen Wünsche wegen faßte ich, wie um dem
absehbaren Verhängnis noch die Sporen
des Galopps zu geben, einen mir zu jenem Zeitpunkt allerdings sehr durch-
dacht erscheinenden Entschluß. Erst als
alles zu spät war, mußte ich mich dem
Begreifen stellen, daß an einem Ort wie
diesem mein gut erwogenes, systemati-

sches Täuschungsmanöver so nutzlos war wie die Errichtung eines Riesenrades in der Wüste zum bloßen Zwecke der Tarnung.

Bekleidet oder besser verkleidet mit meinem Schlafanzug, den ich dann noch vor dem Rendezvous ausgegraben, angezogen und glattgezogen hatte, saß ich in gespannter Haltung gegen jenen großen Baum gelehnt, der nicht zuletzt ausschließlich meiner Orientierung diente, und erwartete meinen sanften Artgenossen. Das Geschenk, mit dem ich sie oder ihn überraschen wollte, lag in meinem Schoße, und es war mir zuvor nicht leicht gefallen, diesen prächtigen Apfel aus den hochgestreckten Wipfelzweigen unter Zuhilfenahme meiner bescheidenen Kletterkünste herauszubrechen und unbeschadet mit hinunter zu bekommen.

Sie oder er, der nun aus den Büschen trat und eher schüchtern und zögernd den Platz ansteuerte, an dem ich deutlich erkennbar auf ihn oder sie wartete, schien mich wirklich nicht zu erkennen, und so wagte ich es, ihr mit ausgestreckten Armen entgegen zu treten, um ihm diese wunderbare Frucht als Geschenk anzubieten. Nichts hätte selbstverständlicher sein können als ihr unbeirrter Griff nach dem fast roten und ungewöhnlich großen Apfel und nichts natürlicher als sein sofortiger, schlingender Verzehr.

Was soll ich noch sagen! Die Stunden - oder waren es Tage? - vergingen mit zärtlichem Ringen, heftigem Toben und sanftem Tauschverkehr im Reigen und mit schmatzenden Küssen, gierigen Griffen und lustvollen Schreien. Nie zuvor und nie danach habe ich eine solche Liebe gespürt und eine derart berauschende Leidenschaft erlebt. Es wollte einfach nicht zu Ende gehen und doch, irgendwann schliefen wir nebeneinander ein.

Ich mußte mir die Augen reiben, als ich erwachte, denn ihr Platz neben mir war leer. Eine Weile brauchte es dann wohl, bis ich mich besonnen hatte und als erstes damit begann, um mich herum wieder Ordnung herzustellen und vor allem den in zwei Richtungen über das Gras verteilten Pyjama wieder einzusammeln und mit der gebotenen Gründlichkeit unter dem großen Baum wieder zu vergraben. Auch an diesem sonnenbeschienenen Morgen war alles wie immer dabei, sich einladend, frisch und voller Leben darzubieten an diesem Ort.

Nur von den beiden nun so teuer gewordenen Artgenossen hörte ich keinen Laut, kein Rufen, keinen Plansch oder ausgelassene Geräusche, einfach nichts. Nach einer nur kurz andauernden Irritation überkam mich dann doch aufs heftigste mein schlechtes Gewissen. Das mag auch der Grund für meine etwas zu strenge Stimme gewesen sein, mit der ich wechselweise in alle Himmelsrichtungen nach ihnen rief. Als ich mich am Ende doch genötigt fand, sie bei ihren Namen zu rufen, fügte sich fast unbeabsichtigt noch ein drohender Unterton meinem Rufen hinzu.

Da traten sie vor mir aus dem Gehölz. Gesenkten Hauptes wagten sie nicht, den Blick zu mir zu erheben, und beide hatten mit Blattwerk ihren Unterleib bedeckt. Mir allerdings fiel alles Blattwerk von meinem bis dahin offensichtlich verstellten Blick, und der Schock des Verstehens traf mich unvorbereitet ob des offensichtlichen Schadens, den ich angerichtet zu haben schien, wie ein Schlag auf den Kopf.

Meine Worte konnten nicht mehr freundlich klingen, als ich, überwältigt von meiner Schuld, zu ihnen sprach und sagte: "Ihr müßt diesen Ort verlassen,

denn ich habe euch doch unmißver-
ständlich untersagt, von den Früchten
des einen Baumes zu essen, und ob ihr
es nur ahnen könnt oder auf eure Art
genau wißt, es hätte nicht geschehen
dürfen. Um euch nun vor meiner Untat
und den Folgen in eurer Seele fortan in
Sicherheit zu bringen und euch für immer davor zu schützen, will ich einen
flammenden und grollenden Vulkan auf-
richten zwischen euch und mir, der es
euch unmöglich macht, an diesen Ort
zurückzukehren."

Und mit einem ungeheuren Tösen und
Zischen schob sich eine Hölle aus Mag-
ma, beißendem Rauch und himmelhohen
Flammen zwischen die beiden liebens-
werten Wesen und mich, aber auch ich
verlor den Boden unter den Füßen und
kam auf denkbar ungöttliche Weise in
meinem zerwühlten Bett mit kaum zu
ertragenden Kopfschmerzen schreckar-
tig aus dem Tiefschlaf.

*

Den Rest kennst Du. Diese Zeilen be-
schließe ich mit immer noch statthaften
Kopfschmerzen, aber vor allen Dingen
mit der wohl kaum unrealistischen Sorge, mit meinem Entschluß zur Kündi-

gung und meinem Verzicht ausgerechnet meiner Berufslaufbahn eher nicht auf Dein Verständnis gestoßen zu sein oder gar mit meiner Offenheit etwas zu Deiner möglichen Einsicht beigetragen zu haben. Bleibt mir zu guter Letzt wohl nur noch, auf mich allein gestellt in der Hauptsache diese eine Mission zu erfüllen und die schier unfaßbare Aufgabe zu bewältigen, dadurch alles Menschenmögliche zu unternehmen, erst einmal den Herrgott oder wer es auch sonst sei mit der Hilfe der frostigscharfen Klinge des menschlichen Verstandes, geschmiedet in der Kälte bester Absichten, ganz aus dem Garten unserer Einbildung, unserer Selbstverwechslung und unserer religiösen Wahninhalte aufs eiligste zu vertreiben. Sollte ich mit meinem sehr hochgesteckten Ansinnen jenen Erfolg haben, den ich mir wünsche, bliebe jenes wunderbare Eden unserer Art hoffentlich für immer verschlossen, damit es auf den Frieden dieser Welt nicht angewiesen ist, und es würde dann seinem Namen für alle Zeiten gerecht werden können.

Über den Autor

Helmut Barthel, geboren 1951 in Hamburg, schreibt seit seinem achten Lebensjahr. Sein beeindruckendes Werk umfaßt heute weit mehr als 1000 Gedichte und zwei Serien von über 100 Kurzerzählungen über bedeutende Religionsstifter und Philosophen von der Antike bis in die Gegenwart wie die Episoden über den "Zimmermann in der Wüste" und über den "Vollerwachten". Die schon früh entstandenen kurzen Social- und Science-Fiction, fantastischen und politisch-satirischen Erzählungen in "Ein Tag wie morgen" vermitteln einen ergänzenden Einblick in das breite erzählerische Spektrum des Autors. - 2015 erschien der erste Teil seines Romans "Zauber kalt". Die beiden Bände "Dichterstube, Kehricht Band 1 und 2" enthalten alle weiteren Gedichte verschiedenster Formate und Aphorismen, die in den fünf Büchern "Lyrik-Lesung" noch nicht veröffentlicht wurden. Verbliebenes vom Feinsten!

Helmut Barthel arbeitet als Verleger und Chefredakteur des *Schattenblick* und ist Verfasser nachhaltiger Fachartikel in den Bereichen Politik, Kultur, Philosophie und Sport. Seine Leidenschaft gilt der deutschen Sprache, besonders in verdichteter Gestalt.

Der Vollerwachte
aber widersprach und sagte ...

von Helmut Barthel

Unnahbar geht der Erhabene seinen Weg und hinterläßt ganz nebenbei bedenkenswerten Rat und erfrischende Worte zu allzeit aktuellen und grundlegenden Lebensfragen und spirituellen Rätseln. In stets zugewandten, virtuellen Disputen wendet er sich mit lebenspraktischem Blick gegen die Einseitigkeit fundamentaler Wahrheiten und tritt kompromißlos der Vormacht aller Schmerzen und dem Spektrum aller Leiden entgegen.

Ein Lesevergnügen eben nicht nur für die Vertreter der diversen Glaubensrichtungen.

ISBN 978-3-925718-28-1

Ein Zimmermann
in der Wüste

Es begab sich aber vielleicht auch ...
Eine heitere Exegese
neutestamentarischer Begebenheiten

von Helmut Barthel

Mit einer Exegese der besonderen Art
bietet Helmut Barthel in seinem Erzähl-
bändchen eine ganz neue, humorvolle,
bisweilen deftige Sicht auf 14 bekannte
neutestamentarische Episoden um den
Zimmermann Jesus von Nazareth und
seine Anhänger, der ganz ohne Religio-
sität und Frömmigkeit auskommt. Ein
Lesevergnügen und eine Entdeckungs-
reise sowohl für moderne Christen wie
auch für Anhänger anderer Glaubensrichtungen.

ISBN 978-3-925718-35-9

Zauber kalt

Ein Märchen für Erwachsene

von Helmut Barthel

Teil 1 - Bari in Inari

Folgt mir nun auf die Reise in eine ferne Vergangenheit, die der Zukunft doch so nahe ist wie die Worte, die ich gebrauchen werde, um Euch die Begebenheiten meiner Wanderschaft an die Quellen der Zauberei zu erzählen.

ISBN 978-3-925718-34-2

Lyrik-Lesungen

Dichterstuben
Eine Auswahl

von Helmut Barthel

Lyrik-Lesung 1
vom 29. Mai 2013
ISBN 978-3-925718-29-8

Lyrik-Lesung 2
vom 7. August 2013
ISBN 978-3-925718-30-4

Lyrik-Lesung 3
vom 30. Oktober 2013
ISBN 978-3-925718-31-1

Lyrik-Lesung 4
vom 4. Dezember 2013
ISBN 978-3-925718-32-8

Lyrik-Lesung 5
vom 12. Februar 2014
ISBN 978-3-925718-33-5

Dichterstube

Kehricht
Band 1 und 2

von Helmut Barthel

Kehricht und Fegen,
zum Entsorgen frei.
Doch halt! Von wegen!
Noch ist was dabei.

Es mahnt mich an Reste
und mein langer Blick
eröffnet das Beste
vom Dichtergeschick.

(H.B.)

Band 1: ISBN 978-3-925718-26-7
Band 2: ISBN 978-3-925718-27-4

Zeitfracht Medien GmbH
Ferdinand-Jühlke-Straße 7
99095 Erfurt, Deutschland
produktsicherheit@kolibri360.de